不機嫌な婚約者と永遠の誓いを

目次

不機嫌な婚約者と永遠の誓いを

1

図書館に入ると本の独特の香りがした。

鷹野由衣《たかのゆい》はその匂いを胸いっぱいに吸い込み、一人でにんまりと笑う。由衣は子どもの頃からこの図書館に通っていた。学校の図書室よりも本の種類が多く、この辺りで一番大きな規模であることもあり、今の由衣にとって一番のお気に入りの場所だ。

春休みとはいえ、平日の昼間にのんびりと本を読めることがどれほど幸せなことか、由衣はそれなりに理解していた。

大企業とまではいかないけれど、その専門分野では名の知れた会社を父親が一代で築き上げたおかげで、由衣は幼い頃から何不自由なく育ってきた。

幼稚園から通っている私立聖女学院《せいじょがくいん》はお嬢様学校として大変有名で、旧華族や財閥系の本物のお嬢様から、由衣のように一般的なお嬢様まで大勢通っている。良くも悪くも狭い秘密の花園のような世界だったけれど、由衣は楽しく過ごしていた。

その大学部を先日卒業し、そのまま大学院に通うことも決まっている。もともと勉強が好きなこともあって、もう少し学びたいと思ったからだ。

図書館の中は少しひんやりとしている。自分のお気に入りの席に向かおうとした時、顔見知りの司書から声を掛けられた。

「あ、鷹野さん。予約してた本、ついさっき届きましたよ」

「本当ですか？　ありがとうございます」

由衣はいそいそとカウンターに向かい、司書から本を受け取った。ずっしりと重たいそれはクトゥルフ神話の本だ。随分前から探していたけれど、人気のある本でいつも貸出中だった。やっと順番がまわってきたことに、由衣は喜びを隠せない。

「そういうのもお好きなんですね」

司書からそう声を掛けられ、由衣は頷く。

「はい、最近はまた物語系に凝ってまして」

由衣は昔から本を読むことが好きだった。物語から実用書、図鑑や辞書まで、興味のあるものはすべて読んでいる。それによって知識を得て、どんどん物知りになっていくことが楽しかったのだ。

それは今でも続いていて、勉強以外の本もたくさん読んでいる。インターネットが普及している今、知識はネットで得る方が早いかもしれないけれど、紙の本をじっくりと読む方が由衣の性に合っていた。

「神話系なら、北欧神話も面白いですよ」

司書が、おすすめしますと笑って言う。

「まあ。では次はそれを読んでみます」

また一つ楽しみが増えたわ。

由衣はそう思いながら、受け取った本を抱えて、お気に入りの席に座った。

その後、三時間ほどじっくりと本を読む。読み切れなかったものは借りて、図書館を出た時には夕方になっていた。

「こんなにゆっくり出来るのも、今のうちだけね、きっと」

一人呟《つぶや》き、由衣は家に帰るべく歩き出した。

二十歳を過ぎても自立していないことに多少の罪悪感はあったけれど、学友のほとんどが同じような状況だったこともあって、その環境に甘えていることは否めない。一人娘である由衣を、父や母が甘やかしていることも十分理解していた。

所詮、わたしは世間知らずだ。

由衣は常日頃からそう思ってきた。お嬢様育ちの由衣だったが、考え方はそれなりにリアリストなのだ。

昼間よりも気温が下がり、ジャケットを着ていても少し肌寒い。そんな中でも空気には春の気配を感じる。

由衣は新しい生活への期待で溢《あふ》れていた。四月から始まる大学院生活を思うと、足取りが軽くなり、鼻歌でも歌いたくなる。

「春って特別だわ」

また呟《つぶや》き、家路を急いだ。

由衣の家は都内のいわゆる高級住宅街の中にあった。両親と由衣の三人で住むには大きなこの家は、由衣が生まれ育ってきた場所だ。その家が視界に入ると、いつでも安堵する。

「ただいまー」

鍵を開けて中に入った瞬間、由衣は違和感に気づいた。

いつも夜遅くにしか帰ってこない父の革靴が、そこにあったからだ。

「お父さん、もう帰ってるの？」

声を掛けながらリビングに入ると、父と母が向かい合うようにソファに座っていた。その様子がなんだかおかしい。

由衣に気づいた父が顔を上げ、いつもの笑顔を見せた。

「由衣、おかえり。お父さん、会社を首になったよ」

やけに明るい口調で父が言った。明るすぎて、その言葉の重みに気がつかなかったほどだ。

由衣はかつてないほど戸惑った。由衣の記憶に間違いがなければ、父は社長だったはずだ。社長を首になったとはどういうことだろうか？　素直にそう尋ねると、父は首を傾げながら言った。

「どうやら背任行為があったらしいんだ。防犯カメラにも証拠があるって。取締役会議でそう言われたら、まあ仕方ないよね」

「……まあお父さん、そんなことしたの？」

母もまた、やけに呑気《のんき》に尋ねた。母は地方の大地主の娘で、それこそお姫様のように育ってきたそうだ。父も若い頃は貧乏だったらしいが、この二人がどこでどうやって出会ったのか、教えてもらっていないのでわからない。でも、父が母を本当に大切にしていることはよく知っていた。

「いや、した覚えはないけどね。まあ、こっちにも無罪の証拠がないし。仕方ないよ」

「そんな他人事みたいに……」

仕方ないで済む話なのか、由衣には甚《はなは》だ疑問だ。

娘の由衣が言うのもなんだが、呑気《のんき》な性格の父親には経営に関してかなりの才能がある。今の会社を立ち上げ、そして大きくしたのは、父の功績だ。そしてなにより、そんな犯罪を犯すような人間ではないことも、娘としても信じたい。

「首になって、これからどうなるの？」

さすがの母も少し不安げだ。

「いろいろあって、この家も明け渡さないといけないんだ。お父さんの持っている会社の株もね。個人名義の預金は多少あるけど、ほとんど会社の株にしていたから……」

つまり、我が家に残されたものはほとんどないということか。

「再就職先には当てがあるから、しばらく我慢してほしい」

母を宥《なだ》める父を見ながら、由衣は自分の今後を考えていた。

今この時から、これまでのような生活が出来なくなることは理解していた。あまりにも突然で、心の底から納得しているわけでもない。疑問や不信感は山のようにあるけれど、それを解決するのは今じゃない。

由衣はただこの現実を受け入れ、そして前を向いて進むしかない。

大学院に進むことは、もう無理だろう。私立の大学院の学費がどれほどのものか。今そこにお金を使うよりも、出来ることはある。

「進学はやめて、わたしも働くわ」

そう言うと、父がはじめて悲しそうな顔をした。

「いや、お前の授業料は心配いらないよ。貯蓄は多少はあるわけだから」

「でも、それは今は使わない方が良いと思うわ。これからどうなるかまだわからないし。大学院に行きたかったのも、ただ勉強を続けたかっただけだし、勉強なら働きながら出来るわよ」

「由衣……」

父の申し訳なさそうな顔を見ると、由衣の胸も痛んだ。

「じゃあお母さんも働こうかしら。みんなで働けばきっと大丈夫よ」

由衣よりもさらにお嬢様育ちの母の言葉に、由衣と父は顔を見合わせた。そして三人でくすくすと笑う。もともと穏やかで呑気《のんき》な一家だが、団結力も強かった。

「これで蓮《れん》くんとの婚約も解消だな……ごめんな、由衣」

父がまた悲しそうな顔をする。笑ったり泣いたり、忙しい夜だ。

「蓮さんのことは、大丈夫よ」

そう口に出した由衣は、婚約者の顔を頭の中に思い浮かべた。いつも少し不機嫌そうで、それでもこれまで由衣が出会った誰よりも整った顔をしている男性。

竜崎《りゅうざき》蓮は由衣より三歳年上で、竜崎グループという巨大企業の跡取り息子だ。蓮の父親と由衣の父親が友人同士で、ほとんどノリで婚約したようなものだった。

彼とのつきあいが始まったのは小学生の頃で、当時から婚約者らしい関係ではなかった気がする。まあ、小学生にどんな関係もないのだけど。

三歳違いの異性の小学生同士が仲良くなれるはずはなく、どちらかというと王様気質の蓮に、由衣は子分のように扱われていた。

そんな関係は、大人になった今でもあまり変わっていない。たまに会うことはあったけれど、蓮が楽しそうにしていることはなかったし、彼もこの関係を良くは思っていないであろうことは薄々感じていた。

ただ、連絡だけは毎日するよう蓮から言われていて、お互いその日あったことを日記のようなメッセージで送りあっていた。

そもそも、誰もが振り返るほどの容姿を持つ、大企業の御曹司である蓮と、お世辞にも美人とは言えない、中小企業の社長の娘では釣り合いが取れていないと自分でも感じていたし、周囲もそう思っていただろう。現に、過去何度かそういうことを言われていた。

蓮もこうなったことを喜んでいるかもしれない。

そう考えると少し残念な気もするけれど、仕方がないだろう。

由衣にはどうすることも出来ないのだ。

「大丈夫よ。きっとなんとかなるわ」

由衣がもう一度そう言うと、父の顔にまた笑みが戻った。

2

慣れない引っ越し作業に多少は戸惑ったものの、三日後には父が見つけてきた古いマンションに移った。前の家よりかなり狭いこともあって、最低限の荷物だけを持ってきた。残りは倉庫に預けるものを除き、父が処分したようだ。

新居は前のような住宅街の中ではなく、高速道路が近くを走る川沿いにあった。静かとは言い難《がた》いが、家賃がお手頃だったらしい。

2LDKのマンションはたしかに手狭だったけれど、由衣が子どもの頃以来、久しぶりに親子三人で川の字になって眠ったのはなんだか嬉しかった。

引っ越して数日後、由衣の父は再就職先に出勤した。昔からつきあいのある会社で、父のことを信じて雇ってくれたそうだ。父親は元々人当たりの良い人で、友人も多かった。それが功を奏したということだ。

結局なぜ会社を首になったのか、具体的な理由が父の口から語られることはなかった。知りたいと思う気持ちはたまらないほどあったけれど、母も口を閉ざしている以上、由衣はなにも聞けない。

元気に出勤する父を見送り、次は自分の番だと由衣は思った。

由衣には由衣で考えがあった。聖女学院の学友の中には、会社経営者の娘が山ほどいる。そのコネを辿《たど》って、どこかに雇ってもらおうと考えていた。けれどその考えは浅はかなもので、由衣の置かれている状況が状況なだけにことごとく拒否された。犯罪者かもしれない親を持つ子どもは雇えないと言うのだ。

少し考えればわかりそうなことだが、それは由衣自身がこの状況をいまだちゃんと理解していなかったからかもしれない。

困ったことになったと思ったけれど、さすが聖女学院。そんな状況でもまったく躊躇《ちゅうちょ》せず手を差し伸べてくれた方がいた。麻生雛子《あそうひなこ》、今は芳野《よしの》雛子という方だ。

雛子は由衣よりも年上で、数多くの伝説を謳《うた》われる聖女の中で、良くも悪くもかなりの伝説を残された人だ。元々長く続く呉服屋のお嬢様で、現在は業界最大手の警備会社の社長夫人となっていた。由衣の窮状をどこからか聞いた雛子が自《みずか》ら連絡をくれ、夫の会社で雇ってくれるか相談してみると言ってくれたのだ。

由衣は藁《わら》をもすがる気持ちで履歴書と自己推薦書を書き、雛子に託した。

それから約一週間後、会社の人事から連絡があった。一般の新入社員に遅れること二週間、由衣は正式に芳野総合警備保障の総務課に籍を置くことが決まったのだ。

そんな感じで由衣の新しい生活が早速始まった。貯めてあったお小遣いで買った通勤服を着て、母親に見送られて家を出る。慣れない満員電車に気分が悪くなりつつも、なんとか耐えて会社の最寄り駅で降りた。

大勢の人が同じ方向に向かうその先には、巨大な建物があった。吉野総合警備保障の本社ビルだ。

入り口のセキュリティに真新しい社員証をかざして中に入り、面接の際に説明されたエレベーターに乗り、総務課がある階で降りる。由衣がドキドキしながら総務課のドアを開けると、すぐ近くに立っていた若い女性が振り返った。

「お、おはようございます。今日からお世話になります、鷹野由衣です」

由衣が大きな声で挨拶《あいさつ》をすると、その女性がにこりと笑顔を向ける。

「おはようございます。飛鳥井《あすかい》環《たまき》です。あなたの二年先輩になります。よろしくね」

「はい！　よろしくお願いいたします」

由衣が深々とお辞儀をすると、環がくすくすと笑った。

「社長夫人のご学友だと聞いてるわ。配慮は必要？」

面白がるような声に由衣は顔を上げ、そして首を少し傾げた。

「わたしは雛子様のご学友ではありません。ただの後輩です。わたしの窮状を助けてくださったという意味では、雛子様は恩人です。したがって、配慮は必要ありません。どんな配慮なのかは存じませんが……」

由衣がきっぱりと答えると、環はさらに面白そうな顔をした。

「それを聞いて安心したわ。どんなお嬢様が来るのかと、みんな戦々恐々としてたのよ。まあ、お嬢様には違いないんでしょうけど」

「あいにく、今はもうお嬢様ではありません」

「……あら」

由衣のあっけらかんとした言葉に、環はなんとも心配そうな顔になった。由衣の事情をある程度は知っているようだ。

由衣がこの状況に陥《おちい》ってから、心配だと言いつつも好奇心を隠さない顔で見られることが何度もあった。そんな中で、本心から心配してくれたのは雛子だけだった。そして今目の前にいる環も、本当に心配してくれているように見える。

この人はきっと良い人だわ。

由衣はそう思い、内心でホッとした。

「とりあえず、課長のところに行きましょう。こっちよ」

「はい、ありがとうございます」

環に続いて部屋の奥へ進んだ。広い部屋の中にはたくさんの机が並んでいたけれど、人はほとんどいない。初日は少し早めに来るように言われたから、そのせいだろう。早くから仕事をしている人にぺこぺこ頭を下げながら、さらに奥に進む。そこには扉があり、環がノックすると中から声が聞こえた。

「鷹野さんが来られましたよ」

環がそう言って扉を開け、由衣を中に通した。そこにいたのは、由衣の面接に立ち会っていた総務課の課長だ。

「おはようございます。今日からお世話になります」

由衣が深々と頭を下げて挨拶《あいさつ》をする。

「おはようございます。こちらこそよろしくお願いします。仕事については、そこの飛鳥井さんに任せているので、彼女になんでも聞いてください。困ったことがあればすぐに相談するように。しばらくは慣れないかもしれないけど、何事も経験です。焦らず頑張ってください」

「はい！　ありがとうございます」

由衣はもう一度頭を下げた。

「じゃあ、行きましょ」

環に促《うなが》されて課長室を出た。また元来た場所に戻り、入り口の一番近くの机に案内される。

「ここが鷹野さんの机です。パソコンはあなた専用よ。使い方はわかる？」

「あ、はい。簡単な操作であれば」

「なら大丈夫ね。基本的に自分あての社内メールチェックくらいにしか使わないと思うわ。初期設定の説明書はここ、あとで自分で設定してね。それとタブレット。これも専用なので、同じように初期設定して」

「はい」

「あと、給湯室はあそこ」

環が通路の奥を指差した。

「自由に使って。共用の冷蔵庫もあります。名前を書いて入れておけば、取られたりしないわ。お昼にお湯を沸かしてカップ麺を食べる人もいるし、電子レンジもあるから、お弁当も温められるわよ」

「へえ、なんでもあるんですね」

由衣が感心したように呟《つぶや》く。

「まあね。あと、来客用のお茶のセットもあります。新人さんにお茶をお願いすることがあるから、その時はお願いいね」

「はい」

「総務の仕事はいわゆるなんでも屋です。雑用も多いけど、それも仕事の一つだと思って頑張ってね」

「はい」

「じゃあとりあえずパソコンとタブレットのセットアップから。終わった頃に他の人も来るだろうから、改めて紹介するわね」

「はい、ありがとうございます」

由衣は環にお礼を言って、ドキドキしながら自分の席についた。

白い事務机の上には、真新しいパソコンとキーボード、そしてタブレットが置かれていた。引き出しの中は空だ。すべて自分専用だと思うと、胸がわくわくしてくる。

タブレットの横に、ファイルに入ったマニュアルがあった。そこにはパソコンの電源の入れ方から、丁寧に書かれている。

由衣はパソコンの知識はそこそこあったので、難なく自分で設定することが出来た。

ちょうどその頃に、環の言葉通り他の社員たちが続々と出勤してきた。

由衣の席は入り口すぐの通路側なので、人が通るたびにペコペコお辞儀を続けていると、隣の席の環がクスクスと笑う。

「首が取れそうよ」

「は、はい、なんだか目眩《めまい》がしそうです」

「あはは、あとでちゃんと紹介するから大丈夫よ。ほどほどでいいからね」

「ありがとうございます」

始業のチャイムらしき音が鳴ると、朝の朝礼が始まった。そこで課長から改めて由衣の紹介があった。一般の新入社員より入社が遅い件については、家庭の事情と説明される。まあその通りなので嘘ではない。

他の社員もその理由に納得しているようで、おおむね好意的に迎えてくれた。

朝礼が終わると、環が由衣に声を掛けてきた。

「じゃあ、次は社内を案内するわ。あ、タブレットも持って」

言われた通りタブレットを小脇に抱え、ペンとメモ帳を持った由衣は環の後に続く。

総務課の部屋を出て、すぐ隣の扉の前に立つと、環が社員証を扉の横の装置にかざした。ピッと音がしたあと、環が扉を開けて由衣を中に入れた。

中には棚がびっしりと並んでいて、たくさんの荷物が収まっている。かなり広くて、一番端まで十メートル以上はありそうだ。

「ここは備品の保管庫よ。社内のあらゆる備品が揃っていて、総務課の社員証じゃないと開かないの。備品がなくなるとそれぞれの部署から連絡が来るので、ここで準備して届けたりするのよ。ちなみに在庫管理はタブレットで操作してね。アプリを開いて、探してるものを検索すると、どこの棚にあるか教えてくれるから」

「すごい！　ハイテクなんですね」

感心したように由衣が言うと、環も頷いた。

「このタブレットで結構なんでも出来るのよ。詳しい使い方はマニュアルにあるから、暇な時に読んでおいて」

「はい」

「じゃあ次ね」

倉庫を出て案内されたのは、女子更衣室だった。中は広くて清潔で、ロッカーとお化粧直しのための洗面台が置かれている。

奥にあるハンガーラックには、クリーニング済みらしい服が何着も吊るされていた。

「うちは制服はないんだけど、正面玄関の受付をする時は制服に着替えることになってるの。その時はここで着替えるのよ。鷹野さんにもそのうちお願いすると思うから覚えておいて」

「はい」

「あとはそうね、社員食堂でも見に行く？」

「ぜひ」

環に案内されてエレベーターに乗り、社員食堂のある階で降りた。食堂は広くて、まるで巨大なレストランのようだった。まだ朝なので人は少ないけれど、ところどころで食事をしている人がいる。

「うちは夜勤の人もいるから、その人たちのことも考えて、食堂は二十四時間開いてるのよ」

「へえ、すごいですね」

窓の外にはウッドデッキが見える。木や植物が植えられているそこにもテーブルと椅子があった。

環に連れられて、そのデッキの真ん中に立って上を見上げた。

このビルはカタカナのロの字型になっていて、真ん中は上まで吹き抜けになっている。社員食堂の一部はその吹き抜けのテラス部分で、まるでおしゃれなカフェみたいだった。

「わー、これはすごいですねえ」

「でしょ。お昼はここで食べても良いし、外で買ってきて自分の席で食べても良いし、基本的に自由よ」

環の言葉の端々に、自社を誇らしく思う気持ちが込められているような気がした。

その後も環の案内で社内コンビニや誰でも使えるジムやプールを見学して、由衣は終始そのすごさに圧倒されていた。

この会社はすごい。業界最大手であるのはもちろん知っていた。実際、社内の設備のどこを見てもすべてが素晴らしいし、働いている人の顔も、みんなやる気に満ちているようだ。

由衣は、自分の実力でこの会社に雇ってもらうことは無理だっただろうと、しみじみ実感する。

絶対に、雛子様の顔に泥を塗らないようにしよう。

由衣はそう強く思った。

総務課に戻ると、はじめての仕事を言い渡された。

「鷹野さんの初仕事は、部長と課長へのお茶だしよ。毎日するわけじゃなくて、新人さんの伝統行事みたいなものなの。挨拶《あいさつ》みたいなもんね。もちろん男女関係ないからね。さっき説明した給湯室に揃ってるから。頑張ってみて！」

「はい！」

由衣は元気よく返事をして、給湯室に向かった。そこにはさっき教えられた通り、お茶を淹《い》れるための道具が一通り揃っていた。

まずやかんに水を入れて火にかけ、茶葉の入った袋をよく見る。一般的な煎茶のようだ。

「煎茶の淹《い》れかたは……」

由衣は呟《つぶや》きながら目を閉じた。そして頭の中の百科事典をめくる。

由衣は昔から知りたがり屋だった。わからないことはすぐに調べ、知識を蓄《たくわ》えていくのが得意だった。それは一般的なことから、ちょっとした豆知識まで多岐にわたり、学生の頃はわからないことはなんでも由衣に聞けと言われたものだ。そして、ついたあだ名は『由衣ばあちゃんの知恵袋』。十代の少女につけるにしては微妙だったけど、言い得て妙だと由衣は思っていた。

煎茶のお湯の温度は七十度から八十度。由衣は沸騰したやかんの火を止め、二つの湯呑《ゆの》みに熱湯を注いだ。その間に急須に茶葉を適宜淹《い》れ、お湯が冷めるのを待つ。

適温になったのを確認して、湯呑《ゆの》みのお湯を急須に移した。一分程度蒸らしてから湯呑《ゆの》みに注いでいく。

煎茶の良い匂いがふわりと香る。

「うん、良い香り」

最後の一滴まで注いで、お盆に茶托《ちゃたく》を置き、湯呑《ゆの》みをそっと載せた。

「よし」

お盆を持ち上げ、いざ給湯室を出ようとしたところで、バッと扉が開いた。由衣がびっくりして振り返ると、環が同じように驚いた顔で立っていた。

「わ！　ごめん、ずいぶん遅いから倒れてるのかと……」

「すみません。そんなに遅かったですか？」

「うん、まあね」

苦笑いの環に付き添われ、湯呑《ゆの》みの載ったお盆を持って課長室に向かった。

「失礼します」

ノックをして扉を開けると、課長とそして部長が座っていた。部長も面接の時に一度会っていた。

「遅くなりまして申し訳ありません」

言いながら由衣が湯呑《ゆの》みを二人の前に置いた。

「使い勝手がわからなかったかな？」

課長が苦笑いを浮かべながら言う。

「あ、いえ、そういうわけでは……」

由衣がそう答えた時、お茶を一口飲んだ部長が、ほうっと声を上げた。

「美味《うま》いな。新しいお茶かい？」

「え。いえ、いつものやつですよ」

由衣の後ろに立っていた環が驚いたように答える。

「どれどれ」

課長も興味深そうに言い、お茶を飲んで、そして同じように声を上げた。

「本当だ。これは美味《おい》しい」

「鷹野さんは、お茶を淹《い》れるのが随分お上手だね」

部長にそう言われて、由衣はホッとした。

「ありがとうございます。お茶の淹《い》れ方は一通り学校で習ったので。もっと美味《おい》しく淹《い》れたくて、自分でもいろいろ調べたりしました。ポイントはお湯の温度で、一番重要なんです」

由衣は知らずに力説していたけれど、部長たちが苦笑いを浮かべたのを見て、思わず口を閉じた。

「出来上がりは申し分ないが、次はもう少し時間を短縮出来るように頑張ってみて」

「は、はい。失礼しました」

若干しょんぼりとして課長室を出ると、環がポンと肩を叩いた。

「別にたいした失敗じゃないんだから、気にしないで」

「……はい」

「結果、お茶は美味《おい》しかったし、怪我もなくて良かったわ」

環がホッとした顔で笑ったのが、なんだか気に掛かる。

「怪我だなんて……」

「あら。あなたの先輩である社長の奥さんなんて、会社でお茶を淹《い》れるたびに、湯呑《ゆの》みを割ったり火傷《やけど》したりボヤを出したりしたわよ」

「ボヤ……」

「毎回警報器とかスプリンクラーが作動するので、見かねた社長がとうとう社長室での飲食禁止令を出したの。警備会社の社長室でボヤ騒ぎだなんて、洒落《しゃれ》にもならないものね」

「そう、ですね……」

「社長夫人にはこれ以外にも面白い話がたくさんあってね。お仲間だって聞いたから、どうしようかと思っていたけど、良かったわ」

環があっけらかんと笑った。

さすがは雛子様。学院のみならず、大人になっても数々の逸話《いつわ》を残されているとは。

笑うに笑えないまま、由衣は給湯室にお盆を戻しに行く。

「さ、じゃあ次は、経理と営業に備品を届けに行きましょ」

「はい」

由衣はその後も環からいろいろと仕事を教わった。はじめてのことばかりで戸惑ったり失敗したりしたけれど、なにもかもが興味深い。

そうして慌ただしく過ごしているうちに、あっという間に終業時間になっていた。

「お疲れさまでした。今日はこれで終わりです。どうだった？」

「ありがとうございました。なにがなんだか……という感じです」

由衣が正直に答えると、環が笑った。

「最初だからね。誰でもそういうものよ。そのうち慣れるから少しずつ覚えていって」

「はい」

由衣は帰り支度をしたあと、環や同僚と一緒に駅に向かって歩く。気さくな性格の環と一日一緒にいて、由衣は頼れるお姉さんが出来たような気持ちになっていた。環のおかげで他の同僚とも親しく話せるようになり、一日でたくさんの知り合いが出来たことも嬉しい。

改札口で環と別れ、由衣は一人でまた満員電車に乗った。朝とはまた違う雰囲気に圧倒されながら、なんとか踏ん張ってつり革に掴《つか》まる。

丸一日働いて、猛烈に疲れていた。気力も体力もすべて使い果たした——そんな感じだ。

電車の窓には、ぐったりと疲れている自分の顔が映っている。よく見れば、まわりにいる人たちも同じような顔をしている。

みんなそうやって、一日一生懸命働いて、そして疲れて帰って行くのだ。

由衣は改めて、自身が今までとても恵まれた環境にいたことを実感する。

電車を降りて自宅まで歩く。それほど遠くはないはずだけれど、今日は足が棒のようになっていて、いつもよりも遠い気がした。気を抜けば倒れそうだと思いながら、マンションを目指す。

「ただいまー」

「おかえりなさい」

玄関を開けると、すぐに母親が迎えに出てきた。

「疲れたでしょ。お父さんももう帰ってくるから、すぐご飯にしましょう」

母の明るい声が心に染みた。思わず涙が出そうになって、慌てて顔を隠す。

「じゃあちょっと着替えてくるね」

玄関のすぐ横にある由衣の部屋にさっと入り、電気をつける。以前の家に比べると今の部屋は狭く、ベッドと本棚だけでいっぱいいっぱいだ。

滲《にじ》んだ涙を手でぬぐい、ふうと息を吐く。まるでホームシックになったような感覚だった。

しっかりしなければ。もう甘えた学生ではないのだから。

部屋着に着替えて部屋を出ると、ちょうど父が帰ってきた。

「おかえりなさい」

「ただいま。由衣はどうだった？」

「大変だった。でも、楽しかったわ」

「そうか、それはよかった」

父は由衣の少し赤い目に気がついていたかもしれないけれど、それには触れずにこりと笑った。

三人で食卓を囲み、今日あったことを報告しあった。由衣が失敗したことを語ると、自分もそうだったと、父が若い頃のものからつい最近の失敗まで、面白おかしく話してくれた。

「失敗は誰にでもある。大切なのはそのあとだよ」

「そうね。明日は同じ失敗をしないように頑張るわ」

「お父さんも由衣も頑張ってるんだから、わたしも頑張らないと」

母が言い、三人でまた笑った。

母のこの台詞《せりふ》の本当の意味がわかったのは数日後のこと。由衣が知る限り働いたことのない母だったが、この後すぐに近所のスーパーのレジの仕事を見つけたのだ。

こうして本当の意味で、家族三人の新しい生活が始まった。

明日への期待と不安と、そして心地よい疲れに、由衣はベッドに入るなり、すぐに眠たくなった。

……なにか、忘れているような気がする。

ふと思い浮かんだけれど、答えを見つける前に由衣は眠りの中に落ちてしまった。

3

竜崎蓮は激怒していた。

理由は一つ、婚約者が連絡を寄越さないからだ。

「あれほど毎日連絡しろと約束したのに」

空港の到着ロビーを出て、出迎えの人混みの中にその姿が見えないことも、蓮の怒りを増幅させていた。

百人いれば百人が美しいと言うほど、蓮の姿は整っていた。現に今も、すれ違う女性たちの視線を集めているけれど、当の本人はまったく気にしていない。

現在二十五歳。建設業からはじまり、今ではあらゆる分野で利益を上げている竜崎グループの御曹司で、将来は現会長の父親の跡を継ぐことが決まっていた。現在はいわゆる武者修行中で、あちこちのグループ傘下《さんか》の会社を駆けまわっている。つい先日まで、スマートフォンの電波も届かない、ジャングルの奥地のダム建設に関わっていた。来週からは竜崎の本社に戻り、公共事業の開発工事に携《たずさ》わる予定だ。

そんな多忙な蓮には親同士が決めた婚約者がいる。はじめて会った時、お互いまだ小学生だった。婚約者の父親はＩＴ企業の先駆けと呼ばれる会社を一代で大きくした人で、蓮の父親の友人だ。

婚約者と言われても当時はピンと来なかったけれど、三歳年下の婚約者は素直な性格で、蓮の言うことをなんでも聞いてくれたので、体《てい》の良い子分のような関係だった。

そんな関係も年々変化し、お互いがスマートフォンを持つ頃には、毎日連絡を取るようになっていた。以来、婚約者からは給食のメニューや宿題の内容といった、まるで一言日記のようなメッセージが毎日届いている。まあ当時は中高生だったので、他に書くことがなかったのだろう。ちなみに蓮も自分の給食や宿題を送っていて、こっちの方が美味《うま》そうだとか、自分の方が難しいことを習っているだとか返事をしていた。

そんなに頻繁《ひんぱん》に会うような関係ではなかったけれど、一か月に一度程度は顔を合わせて食事には行っている。今から約三か月前、ジャングルの奥地に赴《おもむ》く前にも食事をして、一日一回はメッセージを入れることを約束していた。蓮からの返事は毎日は出来ないかもしれないが、出来る範囲で連絡すると伝えていたのだ。

蓮が帰る日程も、秘書に聞けばすぐにわかると言ってあったのに。

なのに、婚約者である鷹野由衣からの連絡は約二か月前から途切れていた。

「蓮さん、おかえりなさい」

掛けられた声に蓮は振り向いた。

そこに立っていたのは蓮の側近の犬飼《いぬかい》だった。

蓮は黙ったまま頷き、押していた荷物のカートを犬飼に託す。

蓮の専属秘書は犬飼の他に、鹿野内《かのうち》という者がいる。

犬飼は蓮よりも十歳年上の有能な男で、元々は蓮の父親の秘書をしていた。その後は蓮の秘書となり、蓮のスケジュールのすべてを管理している。

もう一人の鹿野内は、蓮の幼馴染《おさななじみ》で親友でもある男だ。小中高大と同じ学校に通い、気心も知れている。加えて武道の有段者ということもあり、蓮が入社する時に秘書兼ボディーガードとして一緒に来てもらった。

仕事の際は必ず二人、もしくはどちらかと一緒にいるが、今回の海外出張は珍しく一人だった。

だから日々のことにいっぱいいっぱいで、婚約者のことまで頭が回らなかったのだ。

迎えの車に乗り込むと、運転席には鹿野内が座っていた。

「おかえり。向こうはどうだった？」

鹿野内が明るく声を掛けたけれど、蓮の不機嫌そうな顔を見て黙り込んだ。

「蓮さん、お疲れですか？」

犬飼が探るように尋ねると、蓮の眉間のしわがさらに深くなった。

「……由衣はどうしてる？」

蓮が聞くと、二人は顔を見合わせ、そして恐る恐るの様子で蓮を見た。

これは怒っている。

二人はまた目を見合わせ、やがて犬飼がそっと口を開いた。

「……会長から聞いてませんか？」

「父から？　なにをだ？」

これまで由衣とのことに父親から口を出されたことはない。

蓮が答えると、二人はまた顔を見合わせた。

車が発進し、少し落ち着いた時に二人から知らされた内容に、蓮は驚くほどの衝撃を受けた。

「由衣の父が背任行為で会社を追い出された？　そんなばかな」

由衣の父親のことは、蓮が子どもの頃から知っていた。仕事熱心で性格は穏やか、一見人がよさそう。だがずば抜けた経営能力を持っていて、一代で築き上げた自分の会社をさらに発展させることだけを考えているような人だ。それも正攻法で。だから犯罪とは縁遠い人だと思っていた。

「その辺りの事情はちょっと微妙なんですよね。はっきりした理由は公《おおやけ》にされていないようです。噂では会社の機密情報を流出させたとか」

犬飼の言葉に、蓮は眉をひそめる。

「それと、由衣が連絡してこないことになんの関係がある？」

父親が大変になったからといって、まったく連絡しない理由にはならない。むしろ連絡してくるべきだろう。

すると、犬飼が言い難《にく》そうに口を開いた。

「それはですね。鷹野社長が……あ、鷹野氏は会社を追い出され、一家は引っ越されました。鷹野氏の資産のほとんどは株だったので、それも大事《おおごと》にしないことを条件に譲渡することになったようで。で、多分由衣さんのスマホなども全部解約されたんでしょう。それで先日、鷹野氏が来られて、迷惑がかかるので婚約を解消すると……」

「解消……？」

蓮が静かな声で言った。

「はい、向こうからそう申し入れがあったと。詳しいことは御父上からお話があると思いますので、このままご実家に向かいます」

それ以上はわかりませんと犬飼も鹿野内も逃げるように言い、蓮の怒りがただただ増す。

家に着くまでの車の中で今回の出張の報告書を書こうと思っていたけれど、まったく手につかない。

タブレットの電源を切り、窓の外を見ながら、蓮は由衣のことを思い出していた。

一言で言うと、真面目な女性だった。特別美人ではないけれど、そこそこ整った顔をしている。

お嬢様学校として名高い聖女学院に長年通っていることもあって、どこか浮世離れしている雰囲気もある。蓮の言うことにはなんでも素直に答えてくれ、わからないことがあった時はすぐさま学習して吸収することも得意な女性だ。勉強も良くでき、学院でも成績優秀者として何度も表彰されていて、蓮も誇らしく思っていた。

とはいえ、蓮が由衣のことを婚約者としてちゃんと意識し出したのは最近のことだ。子どもの頃の婚約など、はっきり言ってないに等しい。自分たちの場合、父親たちの友情が理由だからなおさらだ。

だから、蓮はその関係は長続きしないと思っていたし、結婚する気もまったくなかった。もちろん由衣本人には言わなかったが、別の女性とつきあってみたり、そこそこ遊んだりしていたくらいだ。

ただ、皮肉なことにそういった経験を重ねるにつれ、だんだんと由衣の良さがわかってきた。他の女性と比べれば比べるほど、由衣のそばにいることの方が心地よいと思ってしまったのだ。

気づいてしまえば、蓮の行動は早い。将来の伴侶は由衣しかいないと確信したからこそ、仕事に精進して早く一人前として認めてもらおうと努力している最中だった。

それなのに……

突然のこの展開に、蓮の怒りがまた沸々《ふつふつ》と湧いてきた。

自宅に到着し、鹿野内が車のドアを開けるなり、蓮は飛び出すように降りて父親のもとに向かう。

「おお、戻ったのか」

リビングにいた父親が蓮を見て声を掛けた。

「お父さん、どういうことですか？」

蓮が厳しい顔で問い詰めると、父親が首を傾げた。

「どういうって、なんだ？」

父親が戸惑うように言ったのとほぼ同時に、母親もやって来る。

「由衣のことです」

蓮がはっきり言うと、父がああと呟《つぶや》き、悲しそうな顔をした。

「犬飼たちから聞いたか？」

「結果だけ。詳しい話はお父さんからと」

蓮が答えると、父親が頷いた。

「詳しくもなにも、肝心の鷹野本人がほとんどなにも話さないから、わたしだってわからんよ。たしかなのは、鷹野が会社を追われ、財産もほぼなくなったことだな。で、迷惑をかけるから、婚約を解消すると言われたよ。そもそもわたしたちが勝手に決めたことだが、今は一応公《おおやけ》になっているからな。まして、由衣さんに無理強いは出来ないだろう」

父は残念そうに言ったけれど、蓮はまったく納得出来なかった。

「お父さんは、本当に鷹野氏が背任行為をしたと思ってるんですか」

「いや。そういうことから一番遠い人間だと思っているさ」

「なら、どうして動かないんですか⁉」

「動くもなにも、鷹野がなにも言わない以上、他社の事情に踏み込むわけにはいかん」

父親がはっきりと答えると、蓮が苦い顔になる。

「だからって勝手に解消なんて。由衣は俺の婚約者なのだから、俺が動きます！」

蓮は断言するようにそう言うと、すぐに家を出て行った。そのあとを、犬飼と鹿野内が追いかける。

慌ただしく出ていく一同を見ながら、蓮の両親は半ばあっけにとられていた。

「蓮があんなことを言うとは意外だったな。由衣さんには興味がないと思っていたよ」

「本当に。そんなに由衣さんのことが好きだったなんて思わなかったわね。我が子ながら、わかりにくい……」

父親も母親も呆れながら言う。

「まあ、それならそれで良い。自分で動こうかと思っていたが、蓮に任せる方が良いだろう」

「そうね。なんとかなると良いけど……」

敷地から出ていく車を見送りながら、二人はまた顔を見合わせた。


蓮は一人暮らしをしているマンションに帰るなり、すぐさま情報を集める。

由衣の父親のことはニュースサイトに小さく取り上げられていた。たしかにそこに情報流出の文字があったけれど、それ以上のことはわからない。

「もっとちゃんとした情報を集めてくれ」

荷物の整理をしていた側近らに声を掛けると、二人はすぐさま頷いた。

「由衣はたしか大学院か。もう授業はとっくに終わったか？」

呟《つぶや》きながら時計を見ようとすると、犬飼が答えた。

「由衣さんは大学院には行っていませんよ」

「……なに？」

「進学はあきらめられたそうです。先日、鷹野氏が来られた時にそうおっしゃってました。就職されることになったとか」

蓮は由衣がとにかく勉強が好きだったことを知っている。だから、大学卒業後に大学院へ進むことを勧めたのは蓮だった。

――大学院で勉強漬けにしておけば、余計な虫が寄ってくることはないと思っていたのも事実だったが。

由衣の心情を思うと、蓮の胸も痛くなった。大学院に行くことを由衣は楽しみにしていたのだ。

「どこで働いている？」

「たしか、芳野総合警備保障です」

「芳野？　なぜそこに？」

「由衣さんと芳野の社長夫人がご学友だそうですよ」

なるほど。その繋《つな》がりか。

とにもかくにも、まず由衣と会って安否を確認しなければ。もう三か月以上顔も見ていなければ、声も聞いていない。

だが、新しいスマートフォンの番号も家の場所もわからない今、蓮が取るべき行動は一つだった。

「明日、すぐ芳野に行く。スケジュールを調整してくれ」

「は、はい」

驚いて目を丸くした側近を横目で見つつ、蓮は大きなため息をついた。

4

由衣が働き出してから一週間が過ぎた。毎日はじめてのことばかりで緊張した日々だったけれど、少しずつ仕事が出来るようになり、充実している。

満員電車にも慣れ、これまでほぼ女性しかまわりにいない環境だったけれど、男性社員らと一緒に働くことに違和感を覚えることがなくなった。

働いてみて、由衣は改めて自分が狭い世界で生きてきたことを実感した。知識だけ豊富でも、実体験を伴わなくては意味がないのだと知った日々だった。

「由衣、ホームページの問い合わせメールなんだけど、部署別に仕分けして担当者に送っておいて。回答の締め切りは明日だから、それも伝えて」

「あ、はい」

環から言われた通り、由衣は自分のパソコンを立ち上げ処理をする。

由衣の教育係である飛鳥井環とはかなり親しくなっていた。一人っ子の由衣にとって、頼れる姉のような存在だ。

総務の仕事は幅広くて覚えることも多いけれど、今はだいぶ簡略化され、専門的な知識がなくてもある程度はすぐに出来るようになっているそうだ。新しい知識がどんどん増えていくことが、由衣は楽しくて仕方なかった。

「それが終わったら、支店の資料まとめもお願い」

「はい」

仕事は次々あって、忙しい時は本当に忙しい。

由衣は急いで各部にメールを送り、全国の支店から送られてきた山積みの段ボールに手をかけた。

その時、別の手が伸びてきて段ボールを持ち上げた。

「環ったら人使いが荒いわよねえ。手伝うわよ」

声を掛けてくれたのは別の先輩社員だ。

「ありがとうございます」

「あら、わたしだって手伝うわよ、もちろん。これが終わったらだけど」

環がキーボードをカタカタ鳴らしながら言う。環も仕事が山積みなのだ。

「さっさとやんなさいよ。お昼までに終わらせて、みんなでランチに行くんだから。環だけ置いていくわよ」

「やだ、わたしだってみんなとランチしたい！　由衣だって一緒が良いわよね⁉」

「はい、もちろん」

「ほら！　聞いた？」

言いながらも、環のタイピングのスピードは変わらない。それを由衣は尊敬のまなざしで見つめる。

「聞いてるわよ。由衣ったら優しいんだから。じゃあこっちも人海戦術でやるわよ」

先輩はそう言い、他の人を何人も呼んで全員で資料を整理した。一人でやる作業も、みんなでわいわいやる作業も、由衣にとってはやっぱり楽しいことだ。

その日、環の仕事も無事にお昼までに終わり、みんなでランチを食べに行った。

職場の同僚は良い人ばかりで、新しい生活は想像していたよりずっと楽しい。

そんなある日、由衣がコピー機の前で説明書を読み込んでいると、社内がなにやらざわついた気がした。なんだと顔を上げた時、環がこちらに向かって歩いてくるのが見えた。

「由衣、お客さんよ」

「え、わたしにですか？」

「そう。ここは良いから行って。課長の許可は取ったから」

「は、い……」

お客さんって、誰かしら？

由衣は戸惑いながら、説明書を置いて指定された会議スペースに向かった。そこは総務課の出入り口の近くで、パーテーションで区切られただけの小さな部屋だ。

「失礼します」

恐る恐る声を掛けて扉を開ける。その真正面に座っている人物を見て、由衣は思わず目を丸くした。

「まあ、蓮さん！」

そこにいたのは竜崎蓮だった。

相変わらず驚くほど整った顔をしている。その表情はいつも自信に満ちていて、狭い会議室のパイプ椅子に座っているのに、まるで王様のように堂々としている。

ただ、今日はその眉間に深いしわが寄っていた。

顔を見るのは随分久しぶりだと思った瞬間、由衣はその理由に気づいた。

「そういえば、出張に行っていたんだっけ。帰ってきたのね、おかえりなさい」

由衣がそう言うと、そのしわが一層深くなる。

「ただいま……じゃない。どういうことだ？」

怒りを含んだ蓮の声に、由衣は戸惑った。

どういうって、なんのことだろう。思い当たるのは婚約解消のことだけだ。

「どういうって……聞いてない？　婚約解消のこと」

由衣が尋ねると、蓮の顔がさらに険しくなる。

「聞いてる」

「じゃあ……」

なんのこと？　と聞こうとしたところで、蓮が大きな声で言った。

「そういうことじゃない。なぜ連絡を寄越さない！　毎日必ず連絡すると約束したじゃないか。スマホを解約したとはいえ、手段はいくらでもあるだろう⁉」

由衣は蓮がなにを言っているのか、理解するまで少し時間がかかってしまった。

連絡しなかったことを怒っているとは、考えもしなかったのだ。でも、連絡をしなかった理由は、やっぱり一つしかない。

「なぜって……婚約解消したから？」

由衣はまた恐る恐る答える。

「してない」

「え？」

「婚約は解消してない」

蓮がきっぱりと言った。

「そうなの？　お父さんはお断りしに行ったって言ってたけど……」

「勝手に解消されては困る」

蓮の毅然《きぜん》とした態度を見て、由衣の父親が言ったことは幻だったのだろうかと一瞬考えてしまった。

「でも、蓮さんたちにもご迷惑をかけることになるし……」

「なにが迷惑かは俺が決める」

「……はあ」

蓮の勢いに押され、由衣はそれ以上なにも言えなかった。そもそも父親がなぜ会社を追い出されたのか、具体的な理由がわからない以上、こちらも反論も出来ない。でもそれ以上に、今までとまったく変わらない蓮の態度が嬉しかった。

父親の事件があってから、由衣の人間関係はがらりと変わった。事情もなにも知らない人たちが、こぞって背中を向けたのだ。そんな中で手を差し伸べてくれたのは雛子様。変わらずにいてくれたのは、蓮だった。

「新しい連絡先は？」

蓮の気迫に押され、由衣は覚えたてのスマートフォンの番号を答えていた。答えた直後に後悔したけれど、今後のことを考えると連絡先くらいは知っていた方が良いだろうと思い直す。

蓮はスーツの胸ポケットから自分のスマートフォンを取り出すと、その番号に電話をかけてすぐに切った。

「ちゃんと登録しておけよ。そして毎日連絡するように」

「わかったわ」

由衣が素直に頷くと、ようやく蓮の眉間のしわが消えた。そして満足したように頷くと、テーブルの下から紙袋を取り出し、由衣に渡した。

「土産《みやげ》だ」

「まあ。ありがとう」

異国の香りがする紙袋を由衣が受け取ると、蓮は立ち上がって出入り口に向かった。

「ではまた」

「はい」

戸口まで見送ると、そこに蓮の側近がいた。いつも一緒にいる犬飼という人だ。

由衣が会釈《えしゃく》をすると、犬飼も一礼して蓮の後に続く。姿が見えなくなるのを待って、由衣は紙袋の中を覗《のぞ》いた。

そこには木彫りの人形のようなものが入っていた。カラフルに色が塗られたそれがなにかはよくわからない。

由衣がその人形もどきを取り出したところへ、環が顔を出した。

「大丈夫？」

心配で見に来た様子の環は、由衣が笑顔だったので、拍子抜けしたようだった。

「誰だったの？　随分イケメンくんだったけど。なんだか、まわりがものすごく騒がしかったし」

「元婚約者……のはずなんですけど、なんだかまだよくわからなくて」

答える由衣も曖昧《あいまい》だ。

「なによそれ？　そして、なにそれ。怖っ」

環が由衣が持っていた人形を指さして震える。

「お土産《みやげ》ですって」

「どこの土産《みやげ》よ。呪いの人形みたいじゃない」

言われてみれば、たしかにそんな感じだ。

「蓮さんは、いつも変わったものをくれるんです」

由衣は答えながら、口元を綻《ほころ》ばせた。

そう、蓮はいつも珍しいもの、由衣が知らないものをくれる。そして、それがなにかを調べることが、由衣の楽しみでもあった。

蓮は由衣のことを誰よりも理解している。

――そうだった。蓮さんはそんな人だ。

嬉しくなると同時に、解消したはずの婚約が継続しているらしいことに、由衣は困惑していた。

どうやら蓮は、婚約解消をよく思っていないようだ。

これまで熱心につきあってきたわけでもないし、今の由衣と関わっても、デメリットしかないはずなのに。

それでも婚約を続けようとする蓮の気持ちが、由衣にはわからなかった。

竜崎という大きな名前を持つ彼の生涯の伴侶となれば、それなりの資質を求められる。そんな蓮の隣に立ちたいと思う女性はたくさんいる。由衣よりももっと相応《ふさわ》しい女性が、必ずいる。

そう考えた途端、由衣の胸がチクッと痛んだ気がした。

複雑な気持ちのまま仕事に戻ると、今度は課長に呼ばれた。蓮からもらった紙袋を自分の机の引き出しに仕舞い、由衣は課長室へ急いだ。

「失礼します！」

声を掛けて中に入ると、課長が慌てた様子で電話を切ったところだった。

「鷹野さん、竜崎の御曹司とはどういう……」

関係か？　と聞いているのだろうか。

竜崎グループは、この会社ともかなり取引があるのだろう。蓮は現会長の一人息子で、跡を継ぐことが確実だ。だから竜崎蓮の名前は、経済界では広く知れ渡っている。

由衣はそういうことには無頓着だったけれど、度々忠告してくる人がいたので状況は理解していた。なので、今課長が戸惑っていることも十分理解出来た。

「竜崎蓮さんとは、子どもの頃から最近まで婚約関係にありました。父の件があって、それは解消されたと思っていたんですが……」

由衣も言葉を濁《にご》す。解消されたはずの婚約が実はそうではないようだということに、一番戸惑っているのは由衣だからだ。

課長は困惑しながらも頷く。

由衣の家庭の事情を会社は把握しているし、すべて了承済みで雇ってくれているのだ。

「向こうは君を婚約者だとはっきり言ったよ」

「まあ、蓮さんが？」

「確認出来ればいいんだ。ありがとう。仕事に戻って」

「はい……」

なにが良いんだか、由衣にはさっぱりわからなかったけれど、促《うなが》されるままに部屋を出た。コピー機の前に戻り、また説明書を眺めるものの、さっきよりも頭に入ってこない。まだ混乱していた。

確認したいのはわたしの方だ。

由衣はそう思いながら、今すぐ父親に連絡したい気持ちを抑え、コピーの続きをはじめた。

由衣は結局もやもやしたまま仕事を終えた。環が詳しい話を聞きたがったけれど、課長に話したのと同じことしか言えなかった。環には改めてちゃんと説明すると約束して、由衣は家に帰るなり父親に今日のことを話した。

「ちゃんと解消を申し入れたんだけどなー……」

話を聞いた父親も不思議顔だ。

改めて聞いてみるよと父に言われ、とりあえず由衣も引き下がった。

自室に戻り、蓮からもらったお土産《みやげ》を取り出した。

木彫りのカラフルな置物。人の形にも見えるし、動物のようにも見える。

蓮は地方や海外に行った時は、必ずと言って良いほど由衣に珍しいお土産《みやげ》をくれた。それらはどれも由衣の大切な宝物になっていて、引っ越した時も捨てずに持ってきていた。

「蓮さん、今回はジャングルの奥地に出張って言ってたっけ?」

となるとやはり、お守りの類《たぐ》いなのかもしれない。

スマホで調べると、ペルーやボリビアのエケコ人形に近い気がする。

「図書館で調べられるかしら？」

好奇心を膨らませたままベッドに入った由衣は、改めて蓮のことを思い出した。

驚くほど整った顔は、今思い出せば少し日焼けしていたようだ。それに以前よりも痩せていたような気もする。過酷な仕事だったのだろうか。

今回は何か月も会わないままだった。婚約してから、こんなに長期間顔を合わせなかったことはなかった気がする。なんだかんだ言って、たびたび会っていたのだと気づく。

由衣は、自分が思っていた以上に蓮との距離が近かったことを改めて実感した。今のこの部屋だって、蓮からもらったものがたくさん置いてあるのに。

そういえば、蓮に労《ねぎら》いの言葉一つかけていなかった。

「あ。連絡しないと」

思い出して慌てて飛び起き、スマホを手に取ると、蓮からの着信番号を登録して、ショートメッセージを送った。

『蓮さん、こんばんは。改めて出張お疲れさまでした。お土産《みやげ》もありがとう。おやすみなさい』

いろいろ考えたけれど、結局今までと同じようなメッセージを送った。

数分後に蓮から返事が来た。

『困ったことがあればすぐに連絡するように。おやすみ』

素っ気なさはお互い様だ。

由衣はいつもと変わらないそのメッセージに笑みを浮かべ、改めてベッドに入って布団を被った。

5

蓮はすっきりとした気分で、芳野総合警備保障の総務課を後にした。

婚約者でもある由衣の顔を見られて、無事を確認出来たことも良かったし、言いたいことも言えたからだ。

そこに辿《たど》り着くまでにいろいろあったので、感慨もひとしおだ。

蓮は自分の立場をよく理解している。だからこそ、アポイントなしで由衣に会いに行った。当然だけれど受付ですったもんだあり、それを押しきる形で由衣に面会を求めた。ここでも竜崎の名は強い。

由衣に土産《みやげ》を渡せたことも満足だった。由衣の知的好奇心を満たすため、いつも土産《みやげ》選びには細心の注意を払っている。

紙袋の中身を見た由衣の顔を思い出し、蓮はまた満足げな顔をした。

「蓮さん、芳野社長がお会いしたいとのことです」

犬飼にそう言われたのは、玄関ロビーに降りてきた時だった。視線の先には数人の男が立っている。芳野社長の秘書たちだ。

「竜崎様。お忙しいところ申し訳ありませんが、社長がご挨拶《あいさつ》したいと……」

「わかりました」

受付で竜崎の名前を出した時点で、こうなることは予想済みだった。

蓮は頷いて秘書のあとに続く。

芳野の社長室は最上階にあった。最大手の警備会社らしく、ビル全体のセキュリティはかなり厳重だ。ここなら由衣も安全だろうと思いながら、社長室に入る。

すると、奥に座っていた男が立ち上がった。背が高く、がっちりとした体格と彫りの深い顔立ち。目つきは鋭く、視線だけで人が殺せそうだと蓮は思った。

たしか芳野社長はスイス人とのハーフで元軍人だったはず。

蓮は由衣の就職先を知った時、いろいろ調べたことを思い出した。

「ようこそ。竜崎さん。わざわざお越しいただいて申し訳ありません」

流暢《りゅうちょう》な日本語でそう言うと、芳野社長は蓮にソファに座るよう促《うなが》した。

蓮が座ると、犬飼がその後ろに立った。すぐさまコーヒーが運ばれ、テーブルの上に置かれると、芳野社長が目の前にゆっくりと座った。

なるほど、貫禄があるな。

芳野社長を真っ正面から見つめて、蓮はそう思った。

「うちの社員となにかございましたか？」

唐突に芳野社長が言った。

うちの社員とは、由衣のことだろう。

由衣に会うために、蓮は受付に呼ばれて文字通り飛んできた総務部の課長に、自分は由衣の婚約者であることを告げている。その報告を社長が受けていないはずはないだろう。

「あれはわたしの婚約者です。事情があって連絡が取れなかったため、押し掛けるような形になってしまい、申し訳ありません」

頭を下げる蓮を見ても、芳野社長は表情を変えなかった。蓮がちっとも申し訳ないと思っていないことを理解しているようだ。

ただ、報告が嘘ではないことは彼もわかっているだろう。この社長がやり手であることは知っている。蓮が由衣と面会している間に、あらゆることの裏付けは取ったはずだ。

蓮は由衣が職探しのために奔走したことも聞いていた。父親の件で難儀していたところ、芳野社長の妻である学院の先輩が口利きをしてくれたことも。

芳野社長の愛妻家ぶりは大変有名だ。可愛らしい妻が涙ながらに頼めば、否とは言えない。だからこそ慎重に由衣のことを調査しただろう。悪意のある者が妻を騙《だま》しているかもしれないと心配するのは当然だ。

由衣の評価を蓮は正確に理解している。どこから調べてもなんの落ち度はない。家柄も申し分ないし、品行方正で学院の成績はかなり優秀だ。一番の問題は父親の件だが、あれも少し調べればその異常さに気づくはず。そうなれば、由衣を断る理由はない。

芳野は大会社だが、話に聞く限り、個性的と言うには憚《はばか》られるような人材が多数働いている。由衣のような真面目で問題を起こさないタイプはありがたいくらいだろう。

蓮はそこまで考えていた。

だが真面目な彼女の婚約者である自分が、こんな行動に出ることは、芳野社長にとっては想定外だったに違いない。

芳野社長が内心でため息をついていることを面白く思いながら、蓮は表情を変えずに彼を見つめた。

由衣の調書には蓮の名前もあったはずだ。竜崎グループは西城《さいじょう》グループと並ぶ大企業。関わりを持つことは悪くないと、その点も見越して由衣の入社を認めたのではないか。ここで竜崎に恩を売るのはある意味良いチャンスだ。蓮が彼の立場なら、間違いなくそうする。

「なるほど。では丁重に扱いましょう」

芳野社長がそう言うと、蓮は眉を少し上げた。

「過分な配慮は必要ありません。普通の社員と同様に扱ってください」

もし過度の配慮なんてされたら、由衣からなにか言われるのは自分だと蓮はわかっている。

今度は芳野社長が眉を上げ、そして安堵したような顔をした。とんでもない要求をされると思っていたのかもしれない。

「わかりました。ではそのように」

芳野社長の言葉に、蓮は深く頷いた。

竜崎に恩を売ったことに芳野社長は満足し、由衣が安全な環境にいることに蓮も満足する。

お互いに内心を見せず握手をして、蓮は社長室をあとにした。

今ごろ、芳野社長は今後のことを協議していることだろう。由衣が竜崎と関わりがある以上、いくら普通にしろと言ってもそういうわけにはいかないことは、お互いにわかっている。

今後、芳野になにかお返しをしなければいけない。

駐車場に止めた車に乗り込んだところで、運転席の鹿野内が口を開いた。

「由衣さんとちゃんと話は出来たか？」

「ああ、言いたいことは言ってきたからな。これで婚約解消はなしだ」

蓮は先程した会話を側近二人に話して聞かせた。

「由衣も納得しただろう」

自信満々に答える蓮に、犬飼がなんとも言えない視線を向けた。

「それはなんにも伝わってないと思いますよ」

「どうしてだ!?」

「だって、なんの説明もしてないじゃないですか？」

「……」

蓮が黙り込む。たしかに、具体的な説明はしていなかったかもしれない。だが説明と言っても、なにをどう説明するのか。

「俺が、解消しないと言ってるんだ」

蓮が絞り出すように言い切る。

有言実行タイプの蓮の言葉に偽りはない。これまでもそうだったし、これからもそうだ。だから、蓮が言えば必ずそうなる。

「結果的にはそうですけどね」

蓮は呆れ声の犬飼を後ろから睨《にら》む。

せっかくの上機嫌が台無しじゃないか。

しかし、由衣が納得していないなら、それは問題だ。さて、どうする？

「もっと頻繁《ひんぱん》に由衣さんに会ったらどうだ？」

長年のつきあいから蓮の内心を察した鹿野内が提案する。

「なるほどな。では、スケジュールを調整してくれ」

蓮がそう言うと、今度は犬飼が大げさなため息をついた。

「まあ……素直なのは結構ですけどね」

「いつもはまあまあ完璧なのに、由衣さんが絡むと途端に空まわりし出すな」

「うるさいぞ」

車を走らせながら呟《つぶや》く鹿野内の言葉に、蓮はムッとした顔になる。

だが、蓮の機嫌などお構いなしに、今度は犬飼が口を開く。

「わたしたちも由衣さんのことは昔から知ってますからね。思い入れがあるんですよ」

二人からあれこれ言われ、蓮は不機嫌な顔のまま外を向いた。

「だいたい、由衣さんのことを好きだってことを、当の本人がまったく意識してないのが問題なんですよ」

「さっさと普通に告白すれば良いのに……」

側近二人がこそこそと話していたけれど、蓮の耳にはもはや入ってこない。

蓮の頭の中には久しぶりに見た由衣の顔が焼き付いている。

元気そうでよかった。

そう思い、蓮はようやくホッとした。

6

蓮の突然の訪問からまた一週間が過ぎた。その間も由衣は蓮に毎日連絡をしている。昔から、なぜか蓮の言うことは素直に聞いてしまう由衣なのだ。

仕事にもかなり慣れ、お茶も短時間で淹《い》れられるようになったし、コピー機の操作もすっかり覚えた。雑用は一通り出来るようになったので、今はパソコンでの仕事を教わっている。新しいことを教わるというのは、知識が増えていくこと。元々多方面で勉強熱心な由衣だったので、毎日が楽しくて仕方なかった。

「由衣、今のうちに備品の配達行こうと思うんだけど、行ける？」

パソコンを操作する手を止め、由衣は顔を上げて環を見た。

「はい、行けます」

急いでファイルを保存して立ち上がると、自分のタブレットを持って環のあとに続いた。

備品倉庫に入り、環に指示された発注書をチェックしながら、小さなコンテナに備品を入れていく。

「わたし、この作業結構好きなんです」

由衣がそう言うと、環がわたしもと笑った。

「なんか楽しいよね。お店屋さんみたいで」

二人で和《なご》やかに話しながら作業を進め、たくさんのコンテナを台車に載せた。そのうちのいくつかは総務課の出入り口にある棚に置く。これらは他の部署の人が直接取りに来るものだ。

「じゃあ残りをお届けにいきましょ」

環に言われ、由衣は残ったコンテナの載った台車を押した。

「これは取りに来ないんですか？」

由衣が尋ねると、環が頷いた。

「それは総務で管理している各所の備品だからね。ついでに会社探検出来るわよ」

そう言って環が笑う。

どこに向かうのかを聞くと、環は社長室や営業部、企画部などだと答えた。人手不足が理由らしい。

環が言う通り、これまで由衣が行ったことのない場所を通りながら備品を届けていく。たしかに探検みたいで面白い。

「じゃあ次は営業部に行きましょう」

「はい」

由衣が答え、通路を歩いていると、前からちょっとした集団が歩いてきた。

「あら、あの人……」

環の言葉にその一団をよく見ると、その中心に蓮がいた。

「まあ、蓮さん。今日はなにかしら？」

環と一緒に通路の端に寄り、通りすぎるのを待つ。と、蓮が由衣を見て足を止めた。蓮の後ろにはいつも一緒の鹿野内がいる。その他の人間はここの会社の人だろうと由衣は予想した。

「由衣、頑張っているか？」

「こんにちは、蓮さん。はい、おかげさまで」

由衣が答えると、蓮は満足げに頷き、また歩き出した。鹿野内が頭を下げたので、由衣も慌てて頭を下げる。去っていく一団が見えなくなったところで、環が感心したように呟《つぶや》いた。

「一緒にいたの、営業本部長だよ。由衣の婚約者ってすごい人なのね」

「まあ。では本当にお仕事で来てるんですね」

蓮がどんな仕事をしているのか詳しくは知らないけれど、優秀であることは父親から聞いていた。竜崎グループの規模を考えると、本部長が出てきてもおかしくないということだろう。

蓮のことを誉められると、由衣も誇らしい気持ちになった。蓮との関係は微妙なものだし、婚約者だからというわけでもなく、ただ子どもの頃から知っている者として、なんとなく鼻が高いというか……

って、わたしったらなにを考えてるのかしら。誰に説明するわけでもないのに。

ただ、由衣にとって蓮は大切な人だということは間違いなかった。

その後も由衣は会社の中を動きまわった。そのせいなのかなんなのか、やたらと蓮を見かける。

いったいなんの仕事で来ているのか、由衣と同じように社内をあちこち移動しているようだ。お昼休みに環らと社員食堂に行くと、なぜか蓮もそこにいた。

同じテーブルではなかったけれど、すぐ近くにいて、ちらっと視線を向けるといつでも目が合った。そのたびに由衣の心臓はドキドキして落ち着かない。

それにしても食べ難《にく》い……

そんなことを思いつつ、日替わり定食を食べていると、由衣の前に小さなサラダが置かれた。

なんだと顔を上げると、蓮だった。

「もっと野菜を食べなさい」

それだけ言うと、蓮は元いたテーブルに戻る。環たちはビックリした顔をし、蓮と一緒にいる鹿野内や営業本部長はなんとも言えない表情をしていた。

もう、蓮さんったら子ども扱いして。

由衣は恥ずかしさに顔が赤くなるのを感じながら、もらったサラダを一口食べた。

そんな由衣を見て、蓮はまた満足げに頷く。

当人たちはまったく気づいていないが、まわりにはものすごく微妙な空気が流れていた。

鹿野内はひたすら居心地が悪そうで、申し訳なさそうに環たちに頭を下げていた。芳野の営業本部長も微妙な表情を浮かべたままだ。由衣との関係は知っているのか、驚いてはいないようだったけれど。

いろんな思いが絡み合ったまま昼食が終わると、先に蓮が立ち上がった。

「頑張れよ」

そう言って去って行った蓮を見送ったあと、環たちにまた笑われた。

「由衣の婚約者って、なんか面白いわね」

由衣もまた苦笑いでそれに応《こた》え、その通りだなと内心で思う。

食事を終え、テーブルで一息ついた時、食堂のスタッフがトレイを持ってやってきた。

「食後のお茶はいかがですか？　社長の奥様からの差し入れなのでサービスでーす」

そう言って、湯気の立ち上る紙コップを人数分置いた。

「わー。ありがとうございます。これってなんのお茶ですか？　やけに焦《こ》げ臭いような……」

紙コップを手に取り、軽く匂いを嗅《か》いだ環が顔をしかめながら言った。

「さて、なんでしょう？」

スタッフが楽しげに答える。

由衣も紙コップを手に取った。パッと見た感じは紅茶の色だ。でもその香りは独特で、焚火《たきび》のような香りがする。

この香りは……

由衣は記憶を呼び起こす。

「ラプサンスーチョン？」

「正解です！　よくわかりましたね」

スタッフは驚きつつも笑顔で答えた。

「なんて言ったの？　ら？　ら、なに？」

環が驚いた顔で言う。

「ラプサンスーチョンです。紅茶の元祖と呼ばれる中国紅茶ですね」

由衣が答えると、同僚らが感心したような顔になる。

「へえ、よく知ってるわね。なんでわかるの？」

「独特な香りが特徴ですかね」

「ぶっちゃけ変な匂いよね。焦《こ》げ臭いような、なんとも言えない……」

「でも味は美味《おい》しいんですよ」

由衣が言うと、環たちは恐る恐る口をつけた。

「たしかに。さっぱりしてて美味《おい》しいわね」

由衣も一口飲むと、香ばしい香りが鼻から抜けていく。

「先日社長が中国に出張に行った際、奥様も同行されてたくさんのお茶を買ってきてくださったんですよ。しばらくはいろんなお茶をサービスで出すので、どうぞごゆっくり」

スタッフはそう言うと、また別のテーブルに向かった。

「ほんとによく知ってたわね」

同僚の一人が言った。

「以前、蓮さんに同じものをいただいたことがあるので」

蓮が出張に行った際にお土産《みやげ》としてもらったのだ。その時お茶についていろいろ調べ、しばらくは様々なお茶にハマっていた。

「蓮さんってさっきの婚約者よね。いつ婚約したの？」

また別の同僚が尋ねる。

「小学生の時です」

由衣が答えると、そこにいたみんなが驚いた顔をした。

「えーっ。なにそれー」

「なんか漫画みたい！」

突然キャッキャと盛り上がるみんなに、由衣が焦って手を振る。

「お、親同士が勝手に決めただけで、そんなちゃんとしたものじゃないんです」

「でも今もちゃんと婚約してるじゃない」

環がおかしそうに笑って言った。

「ねー。そもそも婚約者くんって何者なの？　随分と偉い人な感じはするけど、なにしてる人？」

「蓮さんは、今は竜崎グループのどこかで働いているはずですけど……」

「竜崎って、あの竜崎？」

「はい。蓮さんは、竜崎グループの会長の息子です」

「えっ、超御曹司じゃない!!」

みんなの顔がさらに驚いたものになる。

「あー、だから営業部長直々にお相手していたわけね」

「すごいじゃない。そんな人と婚約してるなんて」

「羨《うらや》ましーっ、わたしも玉《たま》の輿《こし》に乗りたいわ」

口々に言われ、由衣はどんどん不安な気持ちになる。こんなやり取りは過去に何度もあり、そして決まって同じようなことを言われたのだ。

「そんな人なら、どんな手を使ってもゲットしたいって思う人もいるよね」

「そうよね、でもああいう人の相手って、大抵モデルとか女優みたいな派手な女ってイメージだけど」

同僚らの言葉を聞いて、由衣はなんとも言えない気持ちになった。慣れているとはいえ、次に来る言葉はわかっている。

「ちょっとお、由衣が地味だっての？」

環は顔をしかめ、不機嫌そうな声で言った。

……環さんに言われるとは。

「あんたがディスってどうするのよ」

内心ショックを受けた由衣の代わりに、同僚が突っ込んだ。

「あ、大丈夫です。慣れてますから」

由衣が慌てて言うと、環が怒った顔になった。

「だめよ、そんなことに慣れちゃ」

「そうよ。由衣だってかわいい顔してるわよ。ちゃんとお嬢様だし」

別の同僚が続けて言う。

「それに、当の本人たちがこんな感じなんだから、女優だのモデルだの、他のライバルが入り込む隙間なんてないわよ」

「それは言えるわね」

「あんなの目《ま》の当《あ》たりにしたら、もうご馳走様って気分よ」

みんなでワイワイと話しているそばで、由衣は黙って顔に笑みを張り付けていた。

……ええと、なにを言ってるのかしら？　全然意味がわからないわ。

ちんぷんかんぷんになりつつも、みんなの反応がこれまでとは違うことに、なんとも言えない嬉しさが込み上げていた。

7

竜崎蓮は機嫌が良かった。

由衣との婚約が引き続き継続し、由衣の様子を知るために芳野との繋《つな》がりも出来たからだ。

由衣が楽しそうに働く様子も見られて、蓮は大満足だった。

側近らにネチネチと嫌味を言われても、あまり気にならない。元々マイペースな男なのだ。

今蓮がオフィスを構えているのは、竜崎グループの本社ビルの一角だった。自分のオフィスに戻り、席に座って一息つくと、すぐに机の上に書類がどんと置かれた。

「今日の分だ」

そう言った鹿野内の目が冷たい。

仕事を保留にして、芳野に行ってきたことをまだ怒っているようだ。

由衣の様子を見に行っている間に溜まった書類や資料に目を通しながら、彼女のことを思い出す。

由衣が仕事をしているところを見るのははじめてだった。なかなか新鮮な出来事に、蓮は一人でにんまりと笑う。

が、由衣の置かれている状況を考えると笑っているわけにはいかない。いきなり社会に出て、慣れない仕事をなんとかこなしている今の状況は、たしかに頑張っているし応援したいと思う。

だが、その反面、なぜ最初から自分に頼まないのかと、腹立たしくも思っていた。

一言自分に言ってくれたなら、別に働かなくとも彼女の両親共々助けることは出来るのだし、芳野に行かなくても竜崎の中で仕事が出来たはずだ。完璧に彼女を救える自信はあった。

蓮もそれなりの力をつけてきている。竜崎の名に恥じないよう、彼なりに努力してきた。由衣のためならその力を利用しても構わないとも思っていた。

ただ、蓮としても、ただ守られているだけの女性には興味がない。

そういう意味では、由衣は育ちのわりに、以前から自立している女だったかもしれない。

蓮は目を閉じ、由衣の昔の様子を思い浮かべた。

子どもの頃の由衣は、いたって物静かだった。はじめて会った時、由衣は小学二年生、蓮は五年生。父親の陰に隠れるようにしてこちらを見ていた彼女は、可もなく不可もない普通の女の子だった。

婚約者だと教えられた時も、なんの感情も湧かなかった。たぶん向こうもそうだろう。婚約だなんだと言われても、理解するには二人とも幼すぎたのだ。

顔を合わせるうちに、由衣も徐々に打ち解けてきていろいろと話すようになった。話すと言っても、所詮は小学生。どんな本を読んでいるだとか、どんな遊びをしているかとか、その程度だ。

二人きりで遊べと言われても、特にやることもなく、テレビゲームで対戦するくらいしかない。しかも由衣はゲームをしたことがなく、下手も下手だったので、蓮は由衣相手に同級生の友達とでは出来ない卑怯な裏技を使ってみたり、新しい技を編み出すための練習をやっていた。

今考えるとちょっと問題はあったけれど、当時の由衣はなにも知らず、それなりに楽しんでいたように思う。

当時の蓮にとっては、体《てい》の良い子分が出来たような感じだった。

由衣は幼稚園からお嬢様学校として有名な聖女学院に通っていたためか、嘘みたいに素直な性格で、いつでも蓮の言うことを聞いてくれた。

素直ではあったけれど、彼女はそれだけじゃない。

勉強熱心な一面は当時からあった。蓮の家にある珍しい海外の置物や、蓮の話など、彼女自身が知らないことを見聞きすると、途端に興味を示し、次から次へと質問したり自《みずか》ら調べたりして、知識をどんどん得ていた。

『これ、お土産《みやげ》』

蓮が父親の出張に付き添い、海外に行った時に由衣にお土産《みやげ》を買ってきた。由衣の知らないものをと、考えに考えたそれが、最初の土産《みやげ》だった。

『ありがとう。蓮さん』

由衣は嬉しそうにそれを受け取り、手の上に載せてじっと見つめた。ガラスで出来た象の置物だ。

『きれい……これはなあに？』

早速興味津々《きょうみしんしん》な様子に、蓮は嬉しくなったことを今でも覚えている。

『それはガネーシャという神様の置物だ』

『ガネーシャ……？　象の神様？』

『そうだ。インドで有名な神様だ』

『インド……』

由衣はうっとりとした目できらきら光るガラスの置物を見つめていた。きっと家に帰るなり、インドのことを調べるのだろう。そしてまた知識を深めていく。そのきっかけを作ることは、蓮にとっても楽しみだった。

それ以降、蓮が海外や地方に旅行で行った際には、その土地の珍しいものを探してくるようになった。

『来月は中東の方に行く予定だ。面白いものがあったら買ってくる』

蓮がそう言うと、由衣はパッと顔を上げた。いつもおっとりしている由衣の反応が、ひと際良くなるのはこういう時だ。

『ちゅうとう？　楽しみにしてるね、蓮さん』

不思議そうに、そして心底楽しそうな顔で笑う由衣を見て、蓮はなんだかくすぐったいような気持ちになった。

当時の蓮にとって、由衣は少し変わった友達くらいの立ち位置だった。

中学生になり、婚約の意味が多少わかりはじめた頃でさえ、由衣と本当に結婚するとは思ってはいなかった。ただ父親たちが勝手に言っているだけで、自分たちには関係ないと考えていたのだ。

それでも定期的に顔を合わせることを嫌だと思ったことはなかった。前よりも変わった話や土産《みやげ》を渡して、彼女のハッとする顔を見たかった。

蓮にそんな感情を抱かせた女性は由衣だけで、それは大人になった今でも変わらない。

「そういえば、今回の土産《みやげ》の感想を聞きそびれたな」

珍しいものをと、忙しい合間を縫って選んだ逸品だ。今回は由衣の反応をじっくりと見れなかったことが残念で仕方がない。

「こっちは、今の状況を聞きたいけどね。さっさと仕事しろよ」

鹿野内の声が聞こえたけれど無視をする。

犬飼も鹿野内も何年も前から由衣のことを知っている。由衣のことを妹のように思っているから
か、蓮が恋人を作るたびに、「由衣が可哀想だ」と二人して文句を言われたものだ。あまりにも何度も言われたこともあって、どの相手とも長続きはしなかった。

まあ、由衣との結婚を望んでいる今となればそれで良かったと思う。深いつきあいになれば、いろいろと面倒だ。酷い男だということは蓮も自覚しているが仕方がない。男とはそういうものだろう。

ともかく、由衣のことを女性としてちゃんと意識しはじめたのはつい最近のことだった。きっかけらしいきっかけがあったわけでもない。

……いや、あった。ここは男らしく認めよう、と蓮は思った。

由衣が大学生になってからしばらく経った時のこと。蓮が車に乗って都内を移動していると、偶然由衣が見知らぬ男と歩いているのを見かけた。正確に言えば、団体で。いわゆるサークル仲間のようだった。

その時の感情をなんと表して良いのか、いまだに蓮はわからないでいる。

ともかく車は止められなかったので、すぐさま由衣に連絡した。

今、なにをしているのか？　と。

五分ほどして由衣から返事が来た。

案の定、他の大学の同系サークルと懇親会をしていると書いてあった。

まったく、油断していた。

由衣が通う聖女学院は、良家の子女が数多く在籍しており、〝純粋培養の女性のための秘密の花園〟と称されるほど特殊な学校だった。時代に逆行するような校風も多数あったが、学院の人気は根強く、偏差値も高いため優秀な人材も多く輩出《はいしゅつ》していた。

大きな特徴は、学院内に男性がいないことだ。カトリック系の学校なので神父はいるが、あとは完全なる男子禁制。体育祭や学院祭も、親族の男以外は基本入れない。ただし、生徒の婚約者は特別枠として入れることがある。蓮も何度かそれで行ったことはあるが、シスターたちの厳しい視線があちこちから飛んできた。

こうして、多くの女生徒は男性とほぼ接することなく卒業していく。悪い虫がつくことがないので、親や婚約者は安心出来るのだ。

もちろん由衣も同様で、彼女が接していた男は父親と蓮だけと言っても過言ではなかった。だから油断していた。大学部ともなると、規制は緩《ゆる》くなるらしい。

見知らぬ男と一緒にいる由衣を見た時、蓮は自分でも驚くほど衝撃を受けた。まったく勝手な思い込みだけれど、由衣の近くにいる男は自分だけだと思っていたのだ。

自分は散々他で遊んでいながら、由衣が同じことをするのは許せなかった。もちろん、由衣はただそこにいただけで、それ以上はなにもなかったのはわかっている。

由衣と結婚することなど考えてもいなかったくせに、由衣が他の男のものになるのは嫌だ――自分のものなのだと、突然出てきた執着心に一番戸惑ったのは蓮だった。

数日悩んで、そしてある結論に達した。

由衣と結婚するしかない。

由衣は誰もが認める美女……では残念ながらない。上品な顔立ちではあるけれど、いたって普通だ。

口さがない連中から、由衣の容姿を批判する声が聞こえると、蓮は容赦なくそれを切り捨てた。それは昔からそうで、蓮なりに由衣を大切にしている証拠だ。蓮たちをよく知る者ほど、二人は仲の良い婚約者だと思っている。

蓮は由衣の容姿も性格も気に入っていた。だから、必ず結婚すると決意しても、由衣の気持ちを尊重して、学びの時間を延ばすよう勧めたのだ。

知識を得ようとしている時、由衣は一番輝いた顔をする。

蓮はそれがわかっていたし、その顔を見るのが好きだった。

「なげー回想だな。由衣さんのことが気になるのはよくわかったから、そろそろ仕事しろよ」

鹿野内の声が聞こえ、ようやく蓮は目を開けた。

渋々目の前に置かれたままの書類を手に取った時、部屋の扉がノックする音と同時に開き、犬飼が入ってきた。

「ホークシステムの報告書が来ましたよ」

そう言い、蓮に報告書の束を渡した。

ホークシステムとは、ホークの名が示す通り由衣の父親が設立したＩＴ会社だ。インターネットが普及する前から、通信システムの開発をしていた。その後は個人や企業向けのサーバー管理を行い、今では通信販売の事業も手掛けている。由衣の父親の先見の明で成長してきた会社でもあった。

蓮は報告書をざっと読んで眉間にしわを寄せた。

完璧なトップの交代劇だと思った。前社長、つまり由衣の父親が重大な背任行為を行った。社内の防犯カメラに証拠が画像として残っている。本人は否定したけれど、結局それが決め手になったようだ。大事《おおごと》にしないことを条件に辞任を迫り、そして会社の持ち株は全て譲渡。代わりに前副社長が新社長に収まった。

「背任行為とはなんだ？」

蓮が犬飼に訊ねる。

「機密データの不正流出だと噂されていますけどね。実際のところ、詳細は不明です」

「どんな犯罪にしろ、あの人とまったく結びつかないぞ。そもそも、背任行為をする理由が見当たらない」

蓮は首を傾げる。由衣の父親のことはずいぶん前から知っていたし、仕事のやり方も評判も、よく知っている。今回のことは、蓮にはまったく理解出来なかった。

「人は見かけによらないと言うけどね」

鹿野内が言ったけれど、それでも蓮は納得出来ない。

「前社長を知るほとんどの人は、蓮さんと同じ意見ですよ」

だから、知り合いの会社にすぐに再就職出来ている、と犬飼が続けた。

「陥《おとし》れられたか？」

蓮が犬飼を見ると、なんとも言えない顔をしていた。

「そう思う者も少なくはないですね」

「気にくわないな。もう少し調べてくれ」

蓮がそう言うと、今度は犬飼が頷いた。

会社の経営陣の交代劇はままあることだ。いくらトップに立っていても、人に足を掬《すく》われることがある。そんなことは過去にも多々あったし、今後もたくさんあるだろう。通常なら蓮もここまで口も手も出さない。だが今回は由衣の父親だ。このままでも蓮は由衣との結婚に支障はないと思っているが、やはり問題は減らした方が良いだろう。

少なくとも今の状態では、由衣もすぐに結婚する気にはならないだろうし。

それに、ここで自分が由衣の父親の汚名をそそぐことができれば、由衣はさらに自分のことを尊敬するに違いない。

その考えに蓮はにんまりとした。

不謹慎だと思うが、使える手はとことん使う蓮だった。

「なにか悪いことを考えている顔ですね」

「それもそうだけど、そこに座って三十分経つのに、いまだに一ページも進んでないってどういうことだよ」

犬飼たちの声が聞こえてきたけれど、蓮はまた無視して、この先のことを考えた。

8

由衣たち一家が新しい生活をはじめて三か月が過ぎた。父親は最初こそ落ち込んでいたけれど、すぐに気力を取り戻し、これまでと同じように生き生きと働いている。

母親ははじめて働くことになったので、最初の数日は由衣と同じように失敗が多かったが、そのたびに職場の先輩や夫に相談し、自分に出来ることを模索した。持ち前のコミュニケーション能力の高さや培《つちか》ってきた知識を遺憾なく発揮して、今ではすっかりお店に馴染んでいるようだった。

スーパーでこじゃれた試食品を作り、それがかなり人気なのだそうだ。思えば、お嬢様とはいえ、父の会社のパーティーから近しい人だけを集めたホームパーティーまで、すべてを取り仕切ってきた母だ。それなりの能力はある。

そんな両親の話を聞き、由衣は誇らしく思った。

由衣も今の仕事にかなり慣れてきていた。蓮のことをからかわれることもあったけれど、元々真面目で素直な性格なので、煙たがられることもなく、同僚らにも可愛がられている。

新しい生活は由衣の想像以上に刺激的で楽しい日々だった。きっかけになった出来事を思うと今でも苦い気持ちになるけれど、大学院をあきらめて就職したことに後悔はない。

「今日は新しいお仕事よ」

出社早々、顔を合わせるなり環が言った。

目をキラキラさせた由衣を見て笑うと、環はついておいでと促《うなが》す。言われるがままに由衣がついていくと、環は更衣室に入った。

「新しい仕事は、受付嬢です！」

ジャン！　と効果音をつけて、環はハンガーラックにつり下がっていた制服を由衣に渡した。

「う、受付ですか？」

受け取りながら由衣は困惑した。

「そう。前にも言ったでしょ。これも総務の仕事です。一応専任の女の子はいるんだけどね、たまたまお休みが重なった時とか、ピンチヒッターとして入るのよ。だから今日はわたしと由衣ね。まあ、業務内容は難しくないから」

環の言葉に頷きながら、促《うなが》されるままに制服に着替えた。

白いブラウスにチェックのスカート、お揃いのチェックのベストにスカーフのようなリボンがついている。

「わー。こんな服、はじめてです」

スカートは膝上で、なんだかちょっと恥ずかしい。

「そう？　高校生の頃なんて、もっと短いの穿いてなかった？」

「いえ、校則が厳しかったので」

「あ、そうだった。由衣は聖女学院出身だったっけ？」

「はい」

「あそこの厳しさは有名だもんね。まあちょっとしたコスプレだと思って」

環がまた笑って言った。

着替え終わると、環と一緒に一階の玄関フロアに向かった。自動ドアの正面に受付カウンターがある。その中に入り、二つ並んだ椅子にそれぞれ座った。カウンターの高さは、座るとちょうど由衣の頭が出るくらいだ。

受付の内部にもカウンターテーブルがあり、そこにはいろんな物が置いてあった。

「これは外線の電話、こっちは内線ね。タブレットと連動していて、各部の名前を入力すると繋《つな》がるから」

そう言って、環が由衣にヘッドフォンのようなものを渡した。由衣の知るヘッドフォンよりも細く、先端になにかついている。

「これはインカムよ。電話はこれで受け答え出来るの。外線と内線を使う時は、会話はすべて記録されるから余計なことを言わないように気をつけてね」

「はい」

環の見よう見まねで由衣もそれをつけた。

「で、不審な人が来た場合は、まず足元にあるこのボタンを踏んで」

環の言葉に足元を見ると、たしかに赤いボタンがそれぞれの椅子の下にあった。

「そんな人が来るんですか？」

「たまーにね。明らかに怪しい人は外の警備が止めるけど」

「これを押すとどうなるんですか？」

「んーと、とりあえずあちこちから警備が飛んで来るわ。で、カメラの映像でその人を確認して、それ相応の人が来る」

「それ相応？」

「まあ、詳しくは知らないけど、多分警護課かしら」

「へえ」

感心したように頷いた由衣は、カウンターの下に水鉄砲のようなものがあるのに気がついた。

「環さん！　これ」

「ん？　ああ、それは防犯用のネットよ」

「ネット？　これが？」

どう見ても水鉄砲にしか見えない。

「わが社の天才発明家、企画開発室の桃井《ももい》課長が作ったものよ」

環が誇らしげに言う。

「天才、発明家？」

「そう。数多くの防災用品やシステムを作ってるの。それはね、不審者に向けて銃みたいに撃つと、中から粘着質の網が飛び出て相手に絡まるの。まあ、この場所で滅多なことはないけど、もしもの時は使ってもいいみたい。ちなみに、まだ受付で使った人はいないけどね、桃井課長が実際にそれを使用して不審者を捕まえたのは事実よ」

「へえ、それはすごい」

感心しながらさらにカウンター下を覗《のぞ》くと、棒のようなものやカラフルなボールなども置かれていた。

「もしかしてこの辺も全部防犯グッズですか？」

「そうよ。全部自社製品だから、とっさの時はすぐに使えないとね」

「なるほど」

それぞれのマニュアルもちゃんと完備されていて、パラパラとめくるだけで、由衣はワクワクしてきた。あとでちゃんと読もうと思いつつ、環の説明のメモを取る。

「とりあえず、お客様が来たら名刺か身分証を確認して、ご用件を聞いて、部署に連絡して担当者に確認する。確認が出来たら、来客用のパスをお渡しする。基本はこの繰り返しよ。まあだいたい取引先の人しか来ないから」

「は、はい」

由衣が緊張気味に答えると、環が落ち着かせるように笑う。

「受付嬢の基本は笑顔よ。笑ってれば大丈夫だから」

「はい。頑張ります！」

張り切って返事をして、由衣は改めて座り直してしっかり前を向いた。

時間が進むにつれ、人の行き来が多くなる。業界最大手の本社ビルだけあって、社員だけでもかなりの人数だ。環の説明によると、出入り業者は専用パスを持っているらしい。社員用のパスは由衣も持っているが、その所属に応じて入れる場所が定められていた。つまり、好き勝手な行動は出来ないということだ。

しばらく受付に来る人がいなかったので、それを良いことに、由衣はマニュアルを読み耽《ふけ》る。

「随分熱心ね。そういうの、好きなの？」

「はい。基本説明書は隅々まで読みたいので。意外と知らなかったことが書いてあったりして、面白いですよ。わたし、知りたがりなんです」

「へえー。前の紅茶の時もそうだったけど、なかなかもの好きねえ。じゃあ、良いところがあるわ」

「良いところ？」

「一階にショールームがあるのよ。知ってる？」

「ショールーム？」

「そう。うちの製品を誰でも見られるように展示してるのよ。結構広いし、発明品も置いてあってまあまあ面白いわよ。たまに、小学生が社会科見学の授業で見に来るくらいだから。そこにはね、パンフレットとか説明書も全部置いてあるから、由衣なら結構楽しめるかも」

「それは楽しそうですね。お昼休みにでも覗《のぞ》いてきます」

由衣はワクワクしながら頷いた。

そうこうしている間にようやく一人目の来客が受付に来た。由衣は緊張しながらも環に指示されなんとかこなしていく。緊張のしすぎで最初こそ笑顔が引きつっていたけれど、終業間際にはだいぶ慣れていた。

「続けた方が覚えられるから、しばらくは受付担当よ」

「はい」

言葉通り翌日も由衣は受付に座った。蓮がまたやって来たのは、由衣が受付に座って三日目のことだった。

由衣が背筋を伸ばして正面を見ていると、ロータリーに大きな黒い車が止まった。普通の来客とは少し雰囲気が違うと思いつつ眺めていると、助手席から見知った顔が降りてくる。

犬飼さんだ。

由衣がそう思ったと同時に、犬飼が後ろのドアを開け、蓮が降りてきた。

蓮はビルに入ると、正面に由衣を認めて一瞬立ち止まる。追い付いてきた犬飼が訝《いぶか》しげに蓮を見た後、その視線の先に由衣を見つけて納得したように頷いた。

蓮が受付に近づく間、由衣はじっと蓮を見つめていた。

ダークグレーのスーツ姿で、今日は髪を後ろに流している。颯爽《さっそう》と歩いてくる姿は、誰もが見つめずにはいられない。人目を惹きつけるのは整った容姿のせいもあるけど、独特のオーラを放っているからかもしれない。

頂点に立つ人間のオーラだ。

そんな人が自分の婚約者だなんて。今までも何度もそう思っていたけれど、最近はさらに強く思うようになっていた。

学生の頃と比べ、蓮の由衣への接し方が変わったせいだろうか。

由衣が知る限り、蓮はこの婚約にそれほど熱心ではなかったはずだ。それは由衣も同じだった。

でもここ最近、蓮との距離が近くなった気がする。しかも、蓮はどこにいても由衣を見つけられるのだ。そして、いつもその鋭い瞳を逸らすことなく、由衣をまっすぐに見つめる。その視線を感じると、不思議と由衣の鼓動が速くなる気がした。だから蓮に会う時、由衣は少しだけソワソワするようになっていた。それ以外の言葉で、この気持ちをどう表現していいのかわからない。

心臓がドキドキしはじめ、無意識に髪の毛を整えている自分に気づき、慌てて手を下ろす。

環も蓮に気づき、隣であっと声を上げる。

「今日は受付嬢になったのか？」

由衣たちが声を掛ける前に、蓮が口を開いた。

「その恰好もなかなか似合っているぞ」

蓮がまんざらでもなさそうに頷くと、若干あっけに取られながら由衣も頷いた。

「お、おはようございます。お約束はございますか？」

マニュアルを思い出し声を掛けると、蓮の隣で呆れた顔をしていた犬飼が名刺を差し出してきた。

「竜崎です。営業本部長と約束が……」

渡された蓮と犬飼の名刺を確認する。

蓮さんの名刺、はじめて見た。

そんなことを思いながら、由衣は手順通りに営業部に連絡をする。

「本部長が参りますので、そちらでお待ちいただけますか？」

由衣は言いながら二人分の入館証を犬飼に渡し、ホールの中を手で示した。そこには来客用のソファやテーブルがある。

蓮は頷き、犬飼を従えて歩き出した。由衣と環はゆっくりと頭を下げる。

「また来たわね」

環の小さな声には笑いが含まれている。

「そうですね、ここ最近、多いですよね。大きな仕事なんでしょうか」

由衣が素直に頷くと、環がまた笑った。

「理由は多分、違うでしょうけどね」

なにかを含むような言い方だったけれど、由衣には理解出来ない。

「あら、まあ。見て」

環の驚いたような声に視線の先を見る。そこにはソファにゆったりと座った蓮がいた。大きなガラス窓から入ってくる光がちょうど彼に当たり、黒い髪がキラキラと輝いて見える。まるでスポットライトが当たっているみたいだ。

それは人々の目を自然と引き付ける。現に、ロビーを行き交う人の多くが蓮をちらちらと見ていた。その大半は女性だ。

由衣は蓮の容姿が優れていることは理解していたけれど、こんな風に多くの女性が蓮を見る視線の意味を改めて感じ、またなんとも言えない気持ちになる。

その時、通路の奥から営業本部長を筆頭に三人の社員が足早にやってきた。それなりに偉い人たちが蓮に平身低頭しているところを見ると、さらに複雑な気持ちになる。

子どもの頃から知っている相手は、世間では特別な存在だ。今の由衣にとっては雲の上の人なのかもしれない。

本部長らに囲まれて通路の奥に消えていった蓮を見送り、由衣は小さな小さなため息をついた。気を取り直して、笑みを顔に貼りつけて仕事を続けていると、やがてお昼の休憩時間になった。

「今日は外でランチしない？」

環の言葉に頷き、貴重品だけを持って外に出た。もちろん制服のままだ。

会社のまわりはビルが多く、お昼時ともなればランチに向かう人で溢《あふ》れている。

飲食店も多いし、近くには公園もあり、キッチンカーと呼ばれる移動お弁当屋さんが多数出店しているため、食べ損なうこともない。これまでも、何度かみんなと外で食べたことがあった。

環のおすすめだと言うキッチンカーでロコモコ弁当を買い、公園のベンチに座った。最初こそこんな場所で食べるのかと驚いたけれど、よく見れば、どのベンチも座ってお弁当を食べている人ばかりだった。

「お天気の良い日は気持ちいいのよ」

環の言う通り、外で食べると気分が良くなる。遠足のお弁当が美味《おい》しかったのと同じ理由だろうか。

お弁当を広げ、さあ食べようと思ったその時、目の前に誰かが立ち止まった。由衣が顔を上げると、一人の女性が由衣を見ていた。

美人だけど、少しきつい顔立ち。

どこかで見たような……

由衣が考えていると、その女性が口を開いた。

「まあ。本当に働いていらっしゃるのね」

その声にはなんだかばかにしたような雰囲気があって、由衣は思わず目を丸くした。

「話を聞いた時はびっくりしたわ。まさか、ってね。でも、本当なのね。残念だわ。これで竜崎とのご縁が切れてしまっただなんて。でも蓮さんは清々《せいせい》してるんじゃないかしら。もともと、あの方とは釣り合いが取れていなかったですものねえ」

驚いたままの由衣と環にはお構いなしに、女性は話し続ける。

「でもご安心なさって。蓮さんにはそのうち相応《ふさわ》しい人が出来るでしょうから。もしそれがわたしだとしても、悪く思わないでいただきたいわ。だって、こういうのって運命ってことでしょう？それに、わたしの方が蓮さんには相応《ふさわ》しいと思うの。前々からお話はさせていただいてたんだけど、蓮さんはとっても義理堅い方だから、あなたに遠慮していたみたいだし」

ここまで聞いて、謎の自信たっぷりな顔と由衣の記憶がようやく一致した。

「あ、もしかして池貝《いけがい》さん？」

由衣が口を開いた瞬間、目の前の女性――池貝瑠璃《るり》が口をあんぐりと開けたまま固まった。

池貝瑠璃は聖女学院の中等部から一緒だった、由衣の同級生だ。ただ、同じ学年なだけで、特に仲が良かった記憶がない。

「……い、今頃？」

瑠璃が戸惑った声で言った。隣で環が噴き出すと、瑠璃の顔がカアッと赤くなる。

「相変わらず失礼な人ね。そんな下品な食べ物をこんなところで食べるなんて、つくづく蓮さんには相応《ふさわ》しくないわ」

瑠璃は由衣が手にしているお弁当を指さした。

「……ここで蓮さんが出てくる意味はまったくわかりませんが、このお弁当は下品な食べ物ではありません。これはロコモコと言って、ハワイの郷土料理です。ロコはスペイン語でイカレたやつという意味で、モコはハワイ語で混ざるという意味ですよ。まあ、繋《つな》げても意味はよくわかりませんが。でも、とっても美味《おい》しそうですし、池貝さんもぜひお求めになってくださいな。ほら、そこのキッチンカーで五百円で買えますよ」

由衣が後ろを指さすと、反射的に瑠璃も振り返ってしまった。だが、すぐにハッとして、

「そんなこと聞いてないわよ。とんちんかんなのも相変わらずね。そんなもの、こんな場所じゃなくてちゃんとハワイで食べるわよ。あなたなんて、汗水垂らして働くのがお似合いだわ！」

と吐き捨てるように言うと、こつこつとヒールの踵《かかと》を鳴らして足早に去っていった。

「……あの人はなに？」

環が唖然とした顔のまま言った。

「学院の同級生です。あまり接点のなかった人なので、最初はわかりませんでした」

由衣が答えると、環は納得したように頷いた。

「なるほど。相変わらず強烈な人が多い学校ね」

環が呟《つぶや》くように言う。

「それにしても、向こうは由衣のことをよく知っているみたいよ。由衣の婚約者のことも」

「そうですね。今思えば、以前も同じようなことを言われていました」

似合わないだのなんだのと昔からよく言われてきたけれど、言っていたのはほぼ同じ相手、さっきの瑠璃だった気がする。

「それにしても驚くほど悪口三昧だったわね。心配するふりすらないし、目的もはっきりしているし、ある意味清々《すがすが》しいわ。大丈夫だと思うけど、由衣も気を付けなさいよ」

「……なにをですか？」

「なにって、婚約者を盗られないように、でしょ？　ま、心配ないと思うけどね。さ、気を取り直して食べましょ」

「……はい」

少し冷めたロコモコ弁当をスプーンで口に運ぶ。それはとっても美味《おい》しかったけれど、なにかが喉につまっているような変な感じがした。

盗るとか盗られるとか、由衣は蓮のことをそんな風に考えたことはなかった。他の誰かが本気で好きになれば、それは仕方がないことで、由衣にはどうすることも出来ない。

瑠璃に言われた内容は少し意味不明だったけれど、蓮と釣り合わないという言葉はしっかりと残っている。

そんなことはわかっている。

由衣は自分の心の中で繰り返す。

蓮さんと今の自分は、誰から見てもそうなのだろう。それは今に限ったことではなく、ずっと前から。

それがようやく、由衣の立場が変わって如実になったというだけのことだ。

蓮はこんな場所で食事などしない。どこの店に行っても、どれほど混んでいても、いつでも彼のためにテーブルが用意される。それは食事だけではなく、あらゆる場面において。

由衣も少し前であれば、それなりの立場があったけれど、今は違う。

もしそれによって蓮が離れていったとしても、やっぱり仕方がないことなのだ。

気分が塞《ふさ》いできたけれど、なんとか環に気づかれないようにいつも通りを装《よそお》って食事を続けた。

それから由衣は仕事に戻り、午後も忙しくしているうちにさっきの瑠璃のことも忘れていた。また思い出したのは、仕事を終えて会社を出たその時、目の前に蓮が立っているのを見た時だった。

「今終わりか？」

「はい」

由衣が頷くと、蓮も頷いた。

「久しぶりに食事に行こう。ご両親には連絡済みだ」

そう言われてしまえば、由衣には断る理由がない。

一緒にいた環らににこやかに見送られ、蓮のあとに続く。

黒い車が二人の前で止まり、助手席から降りてきた犬飼が後部座席のドアを開けた。

蓮が先に乗り込む。

「由衣さん、お疲れ様です」

「犬飼さんも。ありがとうございます」

お礼を言って由衣も乗り込むと、静かにドアが閉まった。

運転席にいるのは鹿野内だ。

「お疲れ様です、由衣さん」

「こんばんは。鹿野内さん。お世話になります」

由衣はシートベルトを締め、深く座り直した。

車は静かに走り出す。

「仕事には慣れたか？」

そう問われて振り向くと、蓮と目が合った。

薄暗い車の中でも、蓮の容姿の良さは損なわれない。まるで神様がお造りになった彫刻のようだ。

由衣はぼんやりと思いながら、蓮の言葉に頷いた。

「そうね。だいぶ慣れたかも。みんな、良くしてくれるから。特に環さんにはとってもお世話になってるの」

「環？　ああ、一緒にいたやつか」

「そう。仕事も丁寧に教えてくれるし、それ以外でもいろいろ。わたし、世間知らずでしょ。だからすごく勉強になってるわ」

「そうか。勉強はいつでもどこででも出来るということだな」

その通りだと由衣は思った。

蓮はいつでも、由衣のことを理解してくれている。それはとても嬉しいことだった。

一見唯我独尊《ゆいがどくそん》のようだけれど、蓮は常に他人のことをよく見て考えている。そこも蓮が高く評価されている部分だ。

車はすぐに止まった。そこは由衣も馴染みのある、高級フランス料理の店だった。家族で来たこともあるし、蓮とも何度か来たことがある。

素早く降りた犬飼がドアを開ける。お礼を言って由衣が降りると、すぐに蓮が続いた。その瞬間店のドアが開き、黒いタキシードを着た男性が笑顔で出迎える。

「ようこそ、竜崎さま」

蓮が頷き、由衣も蓮のあとに続いて店の中に入った。

モダンな雰囲気のある店の中には静かな音楽が流れている。テーブルは満席で、どの客も美しく着飾っていた。ここはそういう店だ。

いかにも仕事帰りの恰好をしている由衣は明らかに場違いだった。それでもなにも言われないのは、蓮の力だろう。由衣たちは店の一番奥の個室に通された。こぢんまりとした部屋にはテーブルが一つと椅子が二脚だけ。

男性に椅子を引かれ、由衣が座る。蓮も座ると、すぐに小さなメニューが渡された。蓮はざっと見てなにかを指差す。やがて男性は消え、蓮と由衣の二人だけになった。

この個室もはじめてではない。蓮と来る時は毎回この部屋だ。ここで彼は最上級のもてなしを受ける。

いつもの通り、最初にワインが運ばれ、そして料理の前菜が来た。

「ご両親は息災か？　さっき電話した時は元気そうだったが」

「ええ。父も母も元気よ。生活はがらっと変わったけど、うちはみんな適応能力があるみたい」

由衣がそう言うと、蓮もホッとしたようだった。

「そうか、それは良かった」

「母も仕事をはじめたのよ」

秘密を話すかのような由衣の言葉に、蓮が驚いた顔をした。

「本当に？」

珍しい蓮の表情に、由衣も顔を綻《ほころ》ばせる。

「ええ。わたしよりも根っからのお嬢様育ちのはずなんだけど。家族の中で一番適応してるのは母かもしれないわ」

由衣がそう言うと、蓮がなるほどと頷いた。

「海外のお仕事はどうだったの？」

「大変だった……」

蓮の顔がどんよりと曇り、本当に苦労したことがわかる。

「お土産《みやげ》ありがとう。あれって、エケコ人形？」

由衣が尋ねると、蓮がにやりと笑った。

「調べたか？」

「調べたけど、エケコ人形に近いことしかわからなかったわ」

「それで正解だ。製作者によって、いろんな造形があるらしい」

「そうなのね。大切にするわ。どうもありがとう」

本当はもっと話さなければいけないことがあるはずなのに、お互いがそれを避けているように思える。

料理はとても美味《おい》しいけれど、由衣はずっと居心地の悪さを感じていた。それははじめての感覚だった。

それはそうだ。今の由衣の立場を考えれば、こんなところにいる資格などないのだ。蓮のために開かれた扉であって、由衣のためではない。

過去の自分がどれほど恵まれていたか、由衣はこの数週間で思い知っていた。

どうしてこうなったのか。相変わらず父がなにも言わないままなので、由衣にはどうしようもない。ただ結果はどうだとしても、こうなった理由は知りたかった。理由がわかれば、なにか出来ることがあるかもしれないのに。

とはいえ、由衣は前の生活を取り戻そうと思っているわけではなかった。現状には満足している。ただ、蓮のことについてはどうしたら良いのかわからない。

今までも、蓮との距離は遠かった。物理的な距離ではなく、社会的な距離のことだ。それが今、さらに離れている。

それを表す言葉が釣り合いというならば、これまで瑠璃にさんざん言われてきた通り、そうなのだろう。

由衣は今、この店で、きれいに着飾って和《なご》やかに食事をする立場ではない。むしろ、今日公園で食べたお弁当の方が美味《おい》しく感じる。

それがなんだか由衣と蓮の関係を如実に表しているようで、由衣は一人で勝手に落ち込んでいった。

結局そんな雰囲気のまま食事は続き、帰りの車の中でも、由衣はほとんど話さなかった。やがて、自宅のマンションの前で車が止まる。

「ごちそうさまでした。送っていただいてありがとうございます」

「……ああ」

蓮と犬飼らに礼を言って、由衣は足早にマンションの階段を駆け上がった。

「ただいま」

玄関の扉を開けると、ぱたぱたとスリッパの音がして、母が顔を出した。

「おかえりなさい。蓮さんと食事なんて久しぶりね。楽しかった？」

「うん」

頷いてはみたものの、楽しかったとはほど遠い。

靴を脱いで部屋に入り、鞄を置いてからリビングに行くと、父も笑顔だった。

「おかえり。どこに行ったんだい？」

由衣が店の名前を告げると、父が大きく頷いた。

「いいね。あそこのフォアグラは絶品だ」

「わたしもまた食べたいわ」

母が言うと、父はまた頷いた。

「よし、じゃあ三人でフルコースが食べられるよう頑張るよ」

「あら、じゃあわたしもパート代を貯めて、ワイン頼んじゃおっと」

どこまでも明るい両親に、由衣は自分が情けなくなった。

自分が勝手に落ち込んで、居心地悪く感じていただけなのだ。

蓮にも悪いことをしてしまった。せっかく誘ってくれたのに、評判のお料理の味もなにも覚えていないなんて。

自分で勝手に人を格付けして、一人で落ち込んで。わたしが一番ダメな人間だわ。

今度蓮に会ったら必ず謝ろう。

そして、今の自分に自信を持とう。

由衣は心の中でそう誓った。

9

蓮は昨夜からずっと、眉間にしわを寄せたままだった。

昨日は久しぶりに由衣を食事に誘い、楽しい時間を過ごすはずだった。予約した店は料理もワインも美味《うま》いと評判で、これまでも何度も利用した場所だ。

最初は普通だった。しかし、徐々に由衣の顔が曇っていくのがわかった。

なにか失敗をしたのだろうかと何度も考えたけれど、まったく思い当たらない。由衣を送って自宅に戻り、一晩寝て目が覚めた後も、なにがなんだかさっぱりわからないままだった。

「なにが悪かったんだ？」

朝迎えに来た鹿野内の車に乗り込むなり、蓮が言った。

由衣の様子がおかしかったことは鹿野内も察していたようで、彼も心配そうな顔をする。

「店のチョイスじゃないのか」

鹿野内が彼なりに一晩考えた理由を告げる。

「店が？　今までも何度も行ってる店だぞ」

驚いたように蓮が言う。

「これまでとは状況が違うだろ。それに服装だよ。あそこはそれなりに着飾っていく店だけど、由衣さんは仕事帰りの服装のままだったから、浮いていたと言えば浮いていたかもしれない」

「そういうことは予約する時に言えよ」

蓮が文句を言うと、鹿野内も渋い顔をした。

「そこまで気づくわけないだろ。そもそも俺には女心なんてわからんわ」

「役に立たんやつだな」

「お互い様だ」

蓮の眉間のしわがまた深くなった。

「とにかく仕切り直しだ。もっとカジュアルな店を探してくれ」

「了解」

蓮は後部座席に深く座り、ため息をついた。

由衣を見守るため、連日芳野の営業部長に会っている。もちろん、そのためだけではなく、元々大きなプロジェクトを動かしていた。だからこそ、向こうも蓮の我儘《わがまま》をある程度聞いてくれているのだ。

由衣の環境が変化したことを、蓮自身が一番理解していないのかもしれない。でも、立場や環境が変わっても、由衣は由衣だ。蓮を見る目も、なにもかも、子どもの頃からなに一つ変わっていない。

本来の自分さえ確立していれば、そこに付随するものはただの飾りでしかないのだと、賢い由衣なら気づいているはずだろう。

気づいていないのなら、それを教えるのも自分の役目だと蓮は思った。

車を三十分ほど走らせたところで蓮のオフィスに着いた。

中に入ると、すでに来ていた犬飼がなにやら電話をしていた。頷く犬飼に軽く手を上げ、席につく。

「今日の予定だが……」

鹿野内が読み上げるのを聞きながら、頭の中でシミュレートする。残念ながら、今日は由衣の様子を見に行くことは難しそうだ。

出かけていた間に溜まった書類をチェックしはじめた頃、ようやく犬飼の電話が終わった。

「誰だ?」

蓮が問うと、犬飼が肩をすくめた。

「池貝建設の社長ですよ。娘さんに会ってほしいってしつこくて」

「池貝の社長?」

「覚えてないんですか? 何回か顔を合わせていると思いますけど。娘さんはたしか由衣さんの同級生ですよ」

「ふーん」

池貝建設はそこそこ大きな会社なので社名はもちろん知ってはいるが、社長の顔は思い浮かばない。

そもそも蓮は興味のないことには本当に無頓着になれるのだ。

「なんで娘が出てくるんだ？」

「それはいつものアレだろ」

鹿野内が嘲《あざけ》るように答える。

「ああ」

蓮は小さく息を吐き、うんざりしながら肩をすくめた。

結婚市場における自分の価値は重々理解しているが、蓮にはれっきとした婚約者が存在するのだ。

「俺には由衣がいるぞ」

「そういうのは関係ないんですよ。結果がすべてなので」

犬飼が嫌そうな顔をする。

これまでも同じようなことは何度もあった。あわよくばと思う人のなんと多いことか。

鹿野内も犬飼も蓮の気持ちは理解しているので、蓮の耳に入る前に止めていることが多々あるらしい。

「まあ、今はもう大丈夫だろうけどな。もう軽はずみなことはしないよう、気をつけろよ」

「失礼な。その辺の男と一緒にするな」

思いっきり不機嫌な顔で鹿野内に言うと、蓮は今日の資料に目を通した。

内線の電話が鳴ったのは、それから一時間ほど経った時だった。

「はい。は？　……」

電話を取った犬飼が困惑顔になる。

「そんな話は……わかりました」

渋々といった様子で電話を切る。

「なんだ?」

蓮が声を掛けると、犬飼が嫌そうな顔で答えた。

「さっきの池貝建設の娘ですよ。早速来たみたいです。受付で約束をしてあると言い張ったようで」

「断れよ」

「池貝建設はそこそこ取引のある会社ですから、無下《むげ》には出来ません」

「ちっ」

蓮は舌打ちをすると、取り急ぎ机の上を片付け、大事な資料はファイルにしまった。

五分ほどして池貝の娘がオフィスにやってきた。

「蓮様、お久しぶりです。お元気でしたか?」

池貝瑠璃は入ってくるなり満面の笑みを浮かべて言った。彼女は昼間の会社に相応《ふさわ》しいとは思えないやけに華やかな装《よそお》いで、踏まれたら痛そうな踵《かかと》の尖《とが》ったハイヒールを履いている。

蓮は彼女をちらりと見て、やっぱり覚えがないと改めて思った。

「こんにちは。今日はどんなご用件でしょう」

内心の苛立ちをきれいに隠し、蓮は愛想よく言った。

笑顔の蓮に見つめられて、瑠璃は頬を赤く染めている。

「今日は特別なお話があって伺いましたの」

瑠璃はそう言うと、上目遣いで蓮を見た。

そんな彼女を蓮は冷ややかな目で見返す。時には氷の貴公子とも噂されるほど、蓮はクールなことで有名だった。由衣以外の女性には。

由衣と同級生ということは、学院ですれ違っていた可能性もある。由衣には話したことはなかったけれど、聖女学院の行事で訪れた蓮を勝手に見初《みそ》め、声を掛けてきた女生徒や親がそこそこいたのだ。由衣の婚約者だと名乗った時にはかなり驚かれたものだ。

聖女の伝説として謳《うた》われるような方ならともかく、成績は良くとも、どこまでも凡庸《ぼんよう》な彼女が、と失礼なことを言われたこともある。そんな相手には、それなりの対応をしてきたが。

蓮は目の前の女性からも、それと同じ気配を感じていた。

由衣の窮状は一部では知れ渡っている。これ幸いと近づいてくる者もいるかもしれないとは思っていた。

蓮はそんなことを考えながら、顔にわざとらしい悲しみを張りつけた瑠璃を見つめた。その目には並々ならぬ決意が表れていて、それが余計に蓮を冷静にさせていた。

「由衣様のことは、本当にお気の毒でした。お父様があんなことになるなんて、どうお言葉をかけて良いのか……でも、悪いことをなさったのなら仕方ないですよね。蓮様も、事が大きくなる前に由衣様と婚約解消されたのは正解だと思います。蓮様もお寂しくなったことでしょうし、もしよろしければわたくしがお相手させていただきたいと思って……」

瑠璃は頬を染めながら言った。

すぐそばで話を聞いていた犬飼と鹿野内がぎょっとした顔した。瑠璃の言葉に驚いたのは蓮も同じだ。

自分がなにを言っているのかわかっているのだろうか。

あからさますぎて、驚くしかない。

まったく、親が聞いたら泣くぞ。

蓮は表情一つ変えず、口を開く。

「どうやら誤解があるようですが、わたしと鷹野由衣さんは婚約解消などしていません」

「……は?」

瑠璃の口があんぐりと開いた。その顔はかなり滑稽《こっけい》に見えたけれど、それについては誰もなにも言わない。

「鷹野由衣は、今現在もわたしの婚約者です」

蓮が畳みかけるようにきっぱりと答えると、瑠璃は滑稽《こっけい》なほど狼狽《ろうばい》した。

「う、嘘よ。婚約は解消になるって言ってたのに」

「それを言ったのは誰でしょう?」

怒りを含んだ声を上げた瑠璃に対し、蓮は努めて冷静に問う。

「誰って、蜂谷《はちや》さんよ。こんなことになれば、必ず解消になるって。だからわたしは……」

瑠璃は言いかけ、そして黙る。その顔には複雑な表情が浮かんでいた。

「失礼しますわ」

それだけ言うと、カツカツとヒールを鳴らして、足早に出ていった。

部屋の中に静寂が訪れる。

沈黙を破ったのは鹿野内だった。

「すっごい女がいるんだなあ。彼女、自分がなにを言ったのかわかってるのかな」

「あそこまであからさまなことを言ってきた女性ははじめてですね。本当に由衣さんの同級生ですか？　育ちが良いのか疑問だなあ」

犬飼も答える。

蓮は黙ったまま二人の話を聞いていたけれど、しばらく考えたあと口を開いた。

「蜂谷とは誰だ？　聞いたことがあるな」

思案顔の蓮に、犬飼が答える。

「ホークシステムの新社長の名前が、たしか蜂谷と言ったはずです。以前は副社長だった男です」

なるほどと蓮が頷く。

「なにか引っ掛かるな。あの女の言葉も」

「ちょっと調べてみましょうか？」

犬飼が言い、それに蓮もふたたび頷いた。

パズルのピースがまた一つ、集まってきたような感じだ。

蓮は胸のざわつきを感じながら、椅子に深く座り直した。

10

由衣が環に教わった展示室にようやく行けたのは、梅雨《つゆ》に入った頃だった。お昼の休憩を少し長めにもらうことが出来たので、環にも許可をもらった。

ショールームと名付けられたそこは一般の人に公開されており、会社の歴史がパネル展示され、数々の防犯用品やセキュリティ対策の展示が所狭しと並んでいる。

ちょうど近くの小学生が課外授業に来ていて、中はそれなりに賑やかだった。

その一角にはマニュアルやセキュリティシステムの資料など、興味を刺激されるものが山のようにあって、由衣は久しぶりにワクワクする。

ちょっとした図書館のようなそこから、まずは会社の概要が書かれた本を抜き出し、パラパラとめくった。

芳野は創業者一族が代々社長を務めているので、創業者の着物姿の写真を見ると、微《かす》かに今の社長の面影がある。

長く会社が続くコツはあるのだろうか。やっぱり一族が結託して強固な基盤を作るのが良いのか。父の会社も、父が社長のままだったら、いつかこの会社のように何代も続いたのだろうか。いや、それは無理か。

由衣は思い直す。

由衣は一人娘だけれど、蓮と婚約した時点で会社を継ぐ可能性はない。蓮は蓮の一族の会社を継ぐのだから。

そもそも父は由衣になにかを継がせようとしたことはなかった。由衣はいつも自由だった。ただ、蓮との婚約だけは決められたことだったけれど、由衣や蓮が一言嫌だと言えば、この話もすんなりとなくなるはずだ。

由衣がそうしなくても、いつか蓮の方から断るだろうと思っていたのだ。でも、蓮は断らなかった。由衣の父があんなことになっても、変わらず由衣のことを大切にしてくれている。

由衣だって、蓮のことを嫌だと思ったことはなかった。それは由衣自身も不思議に思っている。

蓮との婚約で、嫌な思いをすることはあったけれど、蓮自身を嫌いになることはなかったのだ。

昔から、蓮のことを考えると、由衣はなんだかこそばゆい気持ちになる。

ああ、思考が脱線してしまう。

ふと我に返った時、棚の後ろに人の気配がした。

「だからいったい金はいつになるんだ⁉」

声を潜《ひそ》めつつも、焦ったような男性の声だ。

辺りを見まわすと、いつの間にか小学生たちはいなくなり、由衣と棚の向こうにいる誰かしかいないようだった。

あら、どうしよう。込み入った話かしら。

由衣は出るに出られず、仕方なく気配を消しつつ、本を顔の高さまで上げて隅に隠れるようにしゃがみこんだ。

その男は電話をしているようだった。

「早くしてくれよ。もうすぐ支払い期限が迫ってるんだ」

ああ、なんだか雲行きが怪しい話になってきたわ。

由衣はますます身を縮める。

聞いてはいけないことを聞いてしまっている。

そう思いながらも、抑えられない好奇心が湧き上がってきた。本を少しずらし、棚の陰からそっと窺《うかが》うと、壁際で電話をしている男が目に入る。

少しくたびれたスーツ姿の中年の男だった。どこにでもいそうな普通の人だが、粗暴にも見える。

由衣は体を縮めて、相手から見えないようにした。

どっちにしろ、今は動けない。

男はイライラした様子で舌打ちをした。

「こっちは危険覚悟でホークシステムにカメラを仕掛けたんだぞ！」

男の言葉に由衣はハッとした。

今、ホークシステムと言った。それは父の会社の名前だ。

由衣の心臓がドキドキと急に激しく動き出したような気がした。

どうしよう。わたし、重要な会話を聞いているのかもしれない。

口に手を当てて、叫びだしたくなるのを堪《こら》える。

そこから二言三言、男がぶつぶつ言いながら電話を切り、ドカドカと音を立てて出ていくのがわかった。

静けさが戻ったと同時に、由衣の体から力が抜けた。次の瞬間、体がガクガクと震える。

ホークシステムにカメラを仕掛けたとはどういうことだろう。口調からして、良からぬことに違いないと思った。

父に報告するべきだろうか。いや、なんとなく言わない方が良いような気もする。今はもう、父の会社ではないのだから。

放っておくべきだろうか。でも、もしなにか悪いことだったら……

どうしよう。そう思った時、蓮の顔が浮かんだ。

そうだ、蓮さんに相談しよう。彼ならきっと、最適な答えをくれるだろう。

由衣は早速、震える指で持っていたスマートフォンから蓮に電話を掛けた。仕事中だったらどうしようかと思っていたけれど、三回目のコールで蓮が電話に出た。

『由衣か？　どうした？』

「蓮さん……」

電話を掛けてみたものの、なんと言って良いのかわからない。言いよどんでいる由衣の耳に、蓮の心配そうな声が聞こえた。

『どうした？　なにかあったのか？』

「いえ、ごめんなさい。蓮さん。今日、時間があったら会ってもらえない？　良かったら、蓮さんのオフィスに伺います」

『わかった。仕事が終わる時間に迎えに行こうか』

「ありがとう。一人で行けるから大丈夫よ。ここから近いし」

『そうか。では気をつけて来るように』

「はい」

由衣はようやくホッとして電話を切った。

蓮に会う前に自分の中で考えを整理しよう。そう思い直し、持っていた本を片付けて仕事に戻った。

ざわつく気持ちをなんとか抑え、終業時間まで仕事をする。会社を出る前に蓮に連絡をし、由衣が竜崎グループの本社ビルに着いた時、ちょうど雨が降りはじめた。

濡れなくて良かったと思いつつ、ビルの出入り口に向かうと、中から犬飼がやって来るのが見えた。

「由衣さん、どうぞこちらに」

「こんばんは、犬飼さん。わざわざすみません」

「いえいえ」

犬飼はにっこりと笑い、由衣を建物の中に案内した。

竜崎グループの本社ビルは芳野の会社ほど広くはないけれど、高さは倍ほどある。芳野は研究のための施設が敷地内にあるのだと、たしか広報誌に書いてあった。

犬飼に案内され、エレベーターに乗り込む。

そういえば、由衣が蓮のオフィスを訪ねるのははじめてのことだ。蓮は大学卒業後からグループ会社を転々としていた。常にどこにいるかを由衣に教えてくれていたけれど、訪れる機会はなかったのだ。

エレベーターを降り、絨毯《じゅうたん》の敷かれた廊下を進む。一つの扉の前で犬飼が立ち止まり、ノックしてから扉を開けた。

「由衣さんが来ましたよ」

中に声を掛けたあと、扉を開いたまま犬飼が由衣を促《うなが》す。

軽くお礼を言って部屋に入ると、机の椅子に蓮が座っていた。

そこは由衣が思っていたよりもこぢんまりとしていて、事務机が三つにパソコンが三台。あとは来客用のソファがあるだけだ。

「飲むか？」

蓮が言い、由衣はソファに座った。部屋の中には、蓮と由衣の二人しかいない。とはいえ、側近の二人はすぐ近くに控えているだろう。

蓮は椅子から立ち上がると、壁際に置いてあるポットのお湯をカップに注いだ。湯気の立ったカップを由衣の前に置くと、蓮も向かい側のソファに座った。

「どうぞ」

「ありがとう」

由衣は半ば驚きながら温かいカップを両手で持った。ココアの甘い香りが鼻をくすぐる。

正直、蓮がお茶を淹《い》れてくれるとは思わなかったのでびっくりした。しかも、ココアは由衣の大好きな飲み物だ。忙しい合間を縫って用意してくれたのかと思うと、心の中がじんわりと温かくなった気がした。

一口飲み、その甘さにホッと息を吐く。心と同時に梅雨《つゆ》寒で冷えた体が少し温まってきた。

「なにがあった？」

そう言った蓮の顔は真剣で、本当に由衣のことを心配しているように見えた。由衣はカップを置いて、蓮に向き直る。

由衣の頭の中で渦巻いている疑問と胸騒ぎ。これを解消してくれるのは、蓮だけだ。

「あのね」

由衣は出来るだけ正確に、順を追って思い出しながら今日のことを話した。由衣の話を聞いていた蓮は、少しずつ目を見開いていく。

「その男の言った言葉は間違いないのか？」

「ええ、それは絶対に。ホークシステムってはっきりと聞こえたわ」

由衣が言い切ると、蓮は頷いた。

「カメラを仕掛けたと言ったんだな？」

「うん。それについてお金がまだ支払われてないって、すごく怒ってたの」

「その男に見覚えは？」

「ないわ。少なくとも、わたしの知らない人。どうしよう、蓮さん。あの男の人の口調から考えるに、きっと良くないことだと思うの。会社がなにか危険なことに巻き込まれてるんだとしたら、父に報告した方が良いかしら？　それとも今の社長さんにお話しした方が良いかしら」

由衣の訴えに、蓮は腕を組んで考え込むような顔をする。しばらく沈黙が続いたあと、蓮が由衣を見た。

「……いや、それは逆だな」

「え？　どういうこと？」

「由衣、君のお父さんがなぜこうなったか、正確に知っているのか？」

「いいえ。父はなにも言わないから……」

由衣が答えると、蓮がまた頷いた。

「君のお父さんが会社の機密情報を持ち出した疑いがあったことはすでに知っていると思うが、どうやらその決定的な証拠が防犯カメラに映っていたらしい」

「防犯カメラ……」

蓮がなにを言おうとしているのか、由衣はすぐに理解出来なかった。

「証拠らしい証拠はそれしかなかったそうだ。そしてそれを検証する前に君のお父さんは会社を去っている」

改めて父の不正を告げられるのは悲しいものだ。それでも今それを言うことに、なんの意図があるのか。首を傾げる由衣に、蓮ははっきりと告げる。

「つまり、君のお父さんの不正の証拠である防犯カメラの映像が細工されたものだとしたら、お父さんは誰かに陥《おとしい》れられた可能性があるということだ」

蓮の言葉が由衣の中に少しずつ沁みこみ、頭の中が突然クリアになった。

「あ……じゃあ、もしかしてさっきの人が？」

驚く由衣に、蓮は頷く。

「可能性は高い。もしそうなら多分そいつは実行犯だな。そして、陥《おとしい》れた張本人、もしくはそこに繋《つな》がる誰かがその電話の相手だろう」

「なんてこと……」

父が誰かに陥《おとしい》れられたなんて、考えもしなかった。

父親が不正を行ったとは未だに一ミリも信じていない。不当な解雇であれば、父は黙ったままではいないはずだが、なにも言わずなにもしないのは、父なりに考えがあるのだろうと思っていた。

だからこそ由衣は、なにもしなかったのだ。

今日はじめて、蓮が一連の事件について独断で調べていることを知った。それ以前に、それに思い至らなかった自分が恥ずかしい。

当然婚約者の家族にそういうことが起これば、調査しないはずはない。一般人ならともかく、蓮はいろんな意味で特別だからだ。

蓮が、由衣の父が陥《おとしい》れられたと言うのなら、きっとそうなのだろう。その結論に由衣も同意見だ。もしそうならすべてのことがしっくりくる。

「その人物を見つけ、意図的に陥《おとしい》れたことが明らかになれば、お父さんの汚名を返上出来るし、会社も資産も取り戻すことが出来るかもしれない」

「まあ」

由衣は驚きのあまり思わず口を開けた。

「そんなことが出来るの？」

「証拠さえ掴《つか》めれば確実に」

驚きは期待へと変わり、由衣の顔に自然と笑みが浮かんでくる。

今の生活に不便はないし、前の生活に絶対戻りたいと思っているわけではないが、父が無実なのであれば証明したい。

「実際にはどうすればいいの？」

興奮が収まらないまま由衣が言った。

「まずは由衣が今日見かけた男を特定することだな。人を使って調べればすぐにわかるかもしれない」

蓮が答えると、由衣の顔が少し曇る。

「あんまり公《おおやけ》になるのは……」

「たしかに、他人を介すのは良くないか……」

困り顔の由衣を見て、蓮がまた考え込むような顔をした。

「こっちでホークシステムの出入りの業者の名簿が手に入らないかやってみよう。そこから一人ずつ確認することになるが。また芳野に現れる可能性も捨てきれないが、四六時中張り付くわけにもいかないからな」

「蓮さんが協力してくれるの？」

「もちろんだ。ただし、これは危険なことだから、絶対に由衣一人で行動しないように。なにかあれば、必ず俺か犬飼たちに連絡すること」

真剣な顔で言う蓮に、由衣は大きく頷く。

蓮さんに相談して、本当に良かった。

由衣は心からそう思った。

「父が動かないことを、ずっとおかしいと思ってたの。そのことも今回の件と関係があるのかもしれないわ」

由衣が言うと、今度は蓮が頷いた。

「そこは俺も俺の父も引っ掛かっているところだ。君の父親にはなにか考えがあるんだろうが」

腑に落ちない顔で蓮が答える。

蓮が同じ考えであることに、由衣はさらに安心感を覚えた。

「でもこれで真実がわかるかもしれない。これは大きな前進だな」

蓮がそう言うと、由衣は立ち上がって蓮の隣に座った。

「蓮さん！　本当にありがとう。こんなに心強いことってないわ。本当はずっと心細かったの。蓮さんに相談して本当に良かった。頼りになるのは蓮さんだけよ」

由衣は驚いている蓮の顔を見上げながら言った。

こんな近くで蓮の顔を見たことがあっただろうか。いや、なかったかもしれない。

知ってはいたけど、蓮はやっぱりものすごく整った顔をしている。

由衣は心のどこかで改めてそんなことを考えていた。

その時、蓮の手が由衣の手に触れた。そしてそのままそっと握る。

「……蓮さん？」

由衣は不思議そうな顔で蓮を見た。蓮の手が思っていた以上に温かいことにびっくりする。不思議と嫌な気持ちはなく、ただ大きな男の人の手だとぼんやり思った。

蓮がじっと由衣を見つめるので、由衣も蓮を見つめる。

蓮のもう片方の手が伸びてきて、由衣の頬に触れそうになったその瞬間、由衣の鞄の中からけたたましい音が響き渡った。

蓮はビクッと体を震わせ、手を離した。

由衣はあららと言いながら移動した。なぜか緊張で震える指で鞄を開けて中からスマートフォンを取り出す。

「あ、あら、母からだわ」

由衣は言い、スマートフォンを耳に当てた。

「もしもし？　ごめんなさい、連絡しなくて。今、蓮さんの会社に……まあ、わかりました、すぐに帰るから」

　由衣は電話を切って立ち上がる。

「ごめんなさい、蓮さん。母から買い物を頼まれたから帰らないと。本当にありがとう。なにかわかったらすぐに連絡してね。よろしくお願いします」

　由衣はそう言うと、急いで部屋を出た。

　バンと音を立てて扉を開けたせいで、廊下で犬飼たちが驚いた顔をして由衣を見る。

「お世話様でした。犬飼さんにも鹿野内さんにもご迷惑をおかけするかもしれませんが、よろしくお願いします」

　あっけに取られている二人に礼をして、由衣は足早に廊下を歩く。

「まったく、お母さんってば。お味噌がないのにお味噌汁を作ろうとするなんて」

　由衣はぶつぶつ言いながらも、激しく動揺していた。

　さっきはなんとか電話に対応出来たけれど、内心ではドキドキしていて、あやうくスマホを落とすところだった。

　どうして蓮さんはあんな近くにいたんだろう。いや、自分から寄っていったのだった。

　子どもの頃からそばにいて、慣れているはずなのに。

　手にはまだ蓮の手のぬくもりが残っている。そういえば、蓮と手を繋《つな》いだこともなかったと思い出した。

由衣は、心の中にずっとあった悩み事が解決するかもしれない安堵と、はじめて蓮に対して感じたドキドキを胸に、家路についた。

蓮からなにもしないように言われたけれど、由衣はあの日以来、度々ショールームを覗《のぞ》いてはあの時の男がいないか確認していたが、残念ながら見かけることはなかった。

もしかしてと、受付の来客名簿を遡《さかのぼ》って見てみたけれど、手がかりらしいものはない。防犯カメラを確認出来れば良かったけれど、どう頼むのかわからなかったのであきらめた。

父親にもさりげなく聞いてみたものの、のらりくらりとかわされてしまった。

なにも出来ない自分に、由衣は歯噛みしたい気持ちになったけれど、心のどこかで蓮がなんとかしてくれるという安心感は常にある。

「由衣、お届け物頼める？」

掛けられた声に我に返る。

いけない。仕事中なのに。

反省して振り返り、環に向かって頷いた。

「はい、行けます」

「じゃあこれ、営業部にお願い」

渡された段ボール箱は見た目ほど重くはない。

「では行ってきます」

「お願いね」

総務部を出てエレベーターホールに向かう。仕事柄社内を移動することが多く、それぞれの部署の場所もほぼ頭の中に入っていた。最初こそこの巨大さに迷うこともあったけれど、慣れてしまえば問題はない。

通路を歩いていると、後ろから声を掛けられた。

「由衣さん！」

くるりと振り返ると、由衣の先輩であり、恩人でもある芳野雛子が嬉しそうに駆け寄ってくるところだった。雛子のそばにはお付きの人らしき男性がいて、慌ててあとを追ってくる。

「雛子様！」

由衣は目の前まで来た雛子に笑いかける。

「由衣さん、お元気そうで良かったわ。お仕事には慣れた？」

「はい。もうすっかり。皆さんに良くしていただいてます。雛子様には本当にお世話になりました」

「それは良かったわ。もしなにか困ったことがあれば、いつでもおっしゃってね」

「はい、ありがとうございます」

「失礼。社長秘書の乃木《のぎ》です。ご用命の際はこちらに」

「まあ、恐れ入ります」

男性から差し出された名刺を受けとる。

紛《まぎ》れもなく、芳野社長の専属秘書だ。一瞬、ショールームの防犯カメラのことをお願いしてみようかと考えたけれど、これ以上迷惑をかけるわけにはいかないと思い止まる。

由衣はもう一度雛子に礼を伝え、仕事に戻った。

今、由衣に出来ることは真面目に仕事をすることだ。雛子の顔に泥を塗るわけにはいかない。

仕事が終わったら、蓮に連絡してみよう。

そう思いながら、由衣は段ボール箱を抱え直した。

11

蓮は手にした資料を眺めながら眉間にしわを寄せていた。

由衣が蓮を訪ねてきたあの日——あの時のことを思うと、今でも舌打ちしたくなる。

由衣が慌てたように帰ってしまった後、しばらくの間、蓮は呆然としていた。

なだれ込むように入ってきた側近がどうした、なにがあったと聞いてきたけれど、うまく答えられなかった。

「くそっ」

蓮はチャンスを逃したことを自覚していた。

由衣との関係をもう一歩踏み出すチャンスだったのに。

由衣から電話があった時は、本当に驚いた。彼女から電話をかけてくることなど、滅多になかったからだ。

この前来たおかしな女になにかされたのかと不安を覚えつつも、由衣に誘われたことがただただ嬉しかった。

側近らにスケジュールを調整させて時間を作り、万全の態勢で迎え入れた。

由衣からはじめて会いたいと言われ、密かに、いや、誰の目から見てもわかるくらい期待していたのだが、由衣はよくわからない男の話をしはじめた。

そこでいったんがっかりしたものの、話の内容は蓮の予想を超え、遥かに興味深いものだった。

由衣の父親の件は、蓮も最初から解せなかった。今まで調査を進めていてもなんの手がかりもなかったのに、ここに来て重大な情報が、しかも由衣からもたらされるとは。

由衣に話した通り、うまくいけば由衣の父親の汚名返上になるし、由衣との結婚に支障がなくなる。

そう考えてその場で小躍りしたい気分になったが、由衣に不審に思われるのでやめておいた。

それは正解だった。問題はその後だ。

あんな風に、由衣が笑いかけてきたことがあっただろうか。いや、ない。子どもの頃ですら、由衣はいつも冷静だった。

無邪気に笑う由衣の顔を見て、蓮は自分がドキドキしていることに気づいていた。これまで女性に対してこんな風になったことはない。

どさくさに紛《まぎ》れて由衣の手を握り、その感触を楽しんだ。子どもの頃から今まで、由衣と手を繋《つな》いだことすらないことを思い出す。

はじめて握った由衣の手は少しひんやりとしていた。小さく、細く、そして大人の女性の手だと思った。華美なことに無頓着で、爪にはマニキュア一つしていないが、指先はキレイに整っている。

蓮を見つめ、うっすらと開いた唇から目が離せなかった。

あと、もうちょっとだったのに……

蓮は叫びだしそうになるのを堪《こら》えた。

「でも、まあいい」

今回のことで、由衣との関係が少し変わったのは事実だ。あんな目で見られたからには、由衣の期待に応《こた》えないわけにはいかない。

「ホークシステムに出入りしている業者の名簿を手に入れてくれ。あとは経営状態のわかる資料もだ」

蓮は犬飼らに指示を出す。

側近二人は、蓮の百面相のような表情の変わり具合に困惑しつつ、なんとか頷いた。

「由衣さんに掛かると、うちの御曹司もピエロのようだな」

そう揶揄《やゆ》した鹿野内だが、数日の間に出入り業者の一覧を含めてそれなりの資料を揃えてくれた。

本来の仕事の合間にホークシステムの資料を読み込むのは、マルチタスクが得意な蓮でもかなりハードな作業だった。

「気に入らん」

蓮はそう呟《つぶや》き、資料を机の上に投げた。

怪訝《けげん》そうな顔で見ている側近らに、疑問を投げ掛ける。

「出入り業者の中で、防犯カメラの設置が出来る業者はほんの一部だ。去年から、建設に関わる仕事は池貝建設が請け負っているようだな」

「池貝……、ああ、例のあの女の子のとこか。それで情報が漏れているわけだな」

鹿野内が納得がいったと頷く。

ホークシステムは、建設業に関しては元々竜崎グループの会社と取引をしていた。父親同士の繋《つな》がりがあったからだ。だがそれは最初の数年間だけで、その後はいろんな企業と取引している。だから、ここで池貝の名前が出ても不思議ではない。

「池貝の従業員の中で、ホークシステムに出入りしている者を探し出すのは時間をかければ出来るが……今気になるのは経営状態の方だ」

蓮がそう言うと、犬飼が納得したように頷いた。

「社長が交代してまだほんの数か月なのに、すでに何社かの取引先が手を引いたようですね」

「せっかく立ち上げた新規事業を今になって取り止めたようだからな。それは仕方がないが」

蓮は難しい顔のまま、腕を組んだ。

「新規事業はうまくまわっていると聞いていましたが、なにがあったんでしょうね」

犬飼も不思議そうだ。

ホークシステムはそもそも、由衣の父親の天才的なひらめきで大きくなった会社だ。既存の通信事業はもとより、新しいジャンルの事業を先駆けて展開することによって、会社の規模を広げてきた。

「由衣の父親にはある種のカリスマ性があったからな。それについてきていた者も多かっただろう」

「そうですね。新体制になって辞めた社員もいたようですし」

「ますます背任行為があったとは思えないな」

「関係者をつつけば、真相はすぐに明らかになりそうですがね。箝口令《かんこうれい》がしかれているのか、誰も詳しい話をしないんですよ」

「多分、由衣の父親本人だろうな。真意はわからないが」

背任が偽装されたものであるなら、汚名返上したいのが本望だろうが、当の本人が行動を起こさない。かと言って、本当に犯罪を犯したとも思えない。なにか事情があることだけはたしかだろう。

蓮もどこまで踏み込んで良いものなのか、判断に困るところだ。だが、由衣のことを考えると、彼女が納得するまではやりたいと思っていた。

それに由衣との結婚を進めるためには、この事件を解決しないとどうにもならないと確信していた。

あの日以来、由衣からは度々様子を窺《うかが》う連絡が来る。元々毎日一度は連絡する約束だったけれど、それ以外に連絡が来ることはこれまでほぼなかったので、蓮にとっては嬉しいことだった。

連絡の内容はどうであれ、彼女との距離を一気に縮める絶好の機会。失敗するわけにはいかない。

「明日の昼の予定は？」

蓮の問いに、犬飼が手帳をめくる。

「午前中は会議があります。午後は十四時からまた会議が入っています」

「なら昼間は時間があるな」

蓮は自分のスマートフォンから由衣に連絡をした。

「由衣さんとランチですか？」

「ああ。経過報告だ」

報告するほどの内容はまだ揃っていないが、由衣に会いたい。

「どこか予約しますか？」

「いや。最近、由衣はキッチンカーというものにハマっているそうだ。そこに行ってみる」

「……なるほど」

前は高級レストランで失敗しているから、次は由衣に合わせよう。

せっせとメッセージを送る蓮を、側近二人は生暖かい目で見守っていた。

蓮がやって来た時、由衣はちょうど午前中の仕事を終えたところだった。蓮からの到着の連絡を見た環たちにからかわれながら、急いで出入り口に向かう。

蓮から昼食を食べようと連絡が来たのは昨日の夕方だ。例の件でなにかわかったのかもしれないと、由衣は期待でずっとそわそわしていた。

出入り口の自動ドアを抜けて外に出ると、車寄せの植え込みの前に蓮が立っていた。遠くからでも、その立ち姿は普通の人とは違って見える。後ろ姿なのに、自然と人の目を惹きつける人だと由衣は思った。

「蓮さん、お待たせしました」

由衣が声を掛けながら早足で駆け寄ると、蓮が振り向いた。由衣はまわりを見回したけれど、蓮は一人のようだ。蓮が本当に一人っきりになることはまずないので、きっとどこかに側近らがいるのだろう。

「今日は由衣のおすすめのキッチンカーなるものに行こう」

蓮にそう言われ、由衣はものすごく驚いた。蓮がそういうものに興味があると思わなかったからだ。由衣が美味《おい》しいと言ったものに、蓮が興味を持ってくれたのが素直に嬉しかった。だけど、果たして彼の口に合うだろうかと、由衣は心配になる。

とはいえ蓮と公園のベンチで食事をすることは当然ながらはじめてなので、どんな風になるのか興味がある。

何事にも探求心が芽生えるのが由衣の性格だ。

「では行きましょう。種類がたくさんあるから、きっと蓮さんも気に入ると思うわ」

由衣がそう言うと、蓮は満足げに頷いた。

蓮と並んで歩き出すと、由衣は人の目がやけに気になった。その視線のほとんどは蓮に向けられたもの――いわゆる羨望《せんぼう》の眼差しというものだ。そして由衣に向けられるのは冷ややかな視線。

慣れてはいるけれど、正直あまり気分の良いことではない。

人目を避けるように足早に歩くと、蓮もぴったりとついてきた。

「腹が減っているのか？　そんなに急いで」

「え、ええ。そうなの」

「なるほど、頑張っているんだな」

蓮は、由衣は仕事を頑張ったからお腹が空いてると思っているのだ。

蓮の気遣いに、自分の自尊心を優先したことが恥ずかしくなる。

歩くスピードを少し緩《ゆる》め、近くにある公園に向かった。入り口には今日もたくさんのキッチンカーが止まっている。

「蓮さんはなににしますか？」

由衣が蓮を振り返ると、蓮は少し驚いた顔をしていた。

「蓮さん？」

「いや。こういうのだとは思わなかった。車内で食べるのかと……」

そうか、食堂車みたいなものを想像していたのか。

たしかに由衣も教えてもらうまでは知らなかったのだから、蓮がそう思うのも当然だろう。

「キッチンカーは移動お弁当屋さんよ。好きなものを買って公園のベンチとかで食べるの」

「公園のベンチ？」

蓮の顔がさらに驚いたものになる。

「そうよ。会社に持って帰ることもあるけど、お天気の良い日は外で食べる方が美味《おい》しいと思うわ」

「……なるほど」

戸惑う蓮が珍しくて、由衣はなんだか楽しくなってきた。

「わたしは今日はカレーにしようと思ってるの。牛すじカレーが美味《おい》しいんですって。先輩が教えてくれたの。この前食べたロコモコも美味《おい》しかったわ」

すると蓮はぐるりと見回したあと、

「由衣と同じものにしよう」

と頷きながら答える。

蓮がカレーと飲み物を二人分買ってくれた。ビニール袋を片手に持ち、公園を歩く蓮の姿は、普段の蓮を知る者にとってはなかなかシュールだ。

「蓮さん、ここにしましょう」

大きな木の下にあるベンチを見つけて由衣が言った。

蓮と並んで座り、こんな時のために余分に持ってきていた大判のハンカチを蓮にも渡す。膝の上に広げてお弁当を置き、由衣はお手拭きで手を拭いた。

蓮も同じように手を拭きながら、まだ不思議そうな顔でカレーの入った容器を見下ろしている。

「蓮さんとこんな風に食事をするのははじめてね」

「そうだな」

由衣が言うと、蓮は頷きながらそう答える。

「食事の前に聞いても良い？　あのこと、なにかわかった？」

行儀が悪いと思いつつも、由衣はついつい口にしてしまった。

「期待しているところに悪いが、目新しいことはなにも。あの男は、出入り業者とは別口で雇われているかもしれないな」

蓮は少しだけ申し訳なさそうな顔をした。

「そう……」

「そして、今わかっているのは、ホークシステムの経営状態があまり良くないということだ」

「え!?」

由衣は驚いた。由衣が知っている限り、父親の会社はかなりの利益を上げていたはずだ。

「由衣のお父さんが辞めて以降、後を追うように辞めた社員や、取引をやめた企業があったようだ」

「そんな……」

「お父さんにはカリスマ性があって、人から慕われていたからな」

蓮が呟《つぶや》くように言った。

由衣はショックを受けながらも、蓮が父を高く評価していたことに嬉しくなる。

「会社が心配だわ」

「こればかりはどうしようもない。新しい経営陣の手腕が問われるところだな」

蓮の言葉はもっともだった。今の由衣に出来ることはなにもない。

落ち込んでしまった由衣に、蓮が慰《なぐさ》めるように声を掛けた。

「例の男の捜索と同時に、会社の方も注視するよう部下に伝えておく」

「ありがとう。蓮さん」

由衣は少しだけホッとして、蓮に笑みを向ける。蓮もそれを受け止めるように頷いた。

「そろそろ腹が減ったぞ」

「あら、ごめんなさい。冷めちゃうわね」

由衣は言い、膝に乗せたカレーの蓋を開けた。一気にスパイスの香りが広がる。

「良い匂い」

由衣がそう言った時、蓮は最初の一口を口に入れていた。

「うまいな」

「ほんと？」

じゃあわたしもと、プラスチックのスプーンですくい、口に入れる。

「美味《おい》しい！　すごくスパイシーだけど、そんなに辛くないわ」

由衣はカレーを味わいながら、レストランで食べる時より美味《おい》しいかもしれないと思った。

「由衣はカレーは作れるのか？」

「わたし？　まあ、市販のルーを使えば、それなりのものは出来るわ。でもこんなに美味《おい》しいのは無理ね。なにが違うのかしら？　スパイスが特別なのかもしれないわ」

「今度は俺にも作ってくれよ」

「え、なにを？」

由衣が蓮を見ると、蓮はじっと由衣を見つめていた。

由衣の心臓が急にドキンと音を立てた。

「カレーを、俺にも作ってくれ」

「……きっとそんなに美味《おい》しくはないわよ？」

「そんなことは気にならない。由衣の手料理を食べてみたい」

「……そういえば、蓮さんにお料理をふるまったことはなかったわね」

ドキドキしながら由衣は答える。

「じゃ、じゃあ今度機会があったら」

「約束だな」

満足げにカレーを食べ続ける蓮を見ながら、由衣は高鳴り続ける胸の鼓動を意識していた。

食事を終え、一緒に買ったチャイを飲み、しばらく話をしたあと、由衣は蓮と別れて会社に戻った。

浮かれたような歩き方になっていたのは、由衣の気のせいではなかったようだ。

総務部のドアを開けた途端、環たちが駆け寄ってきた。

「ちょっと、見たわよ！　由衣ったら、相変わらずラブラブじゃない」

「えっ、なにがですか？」

「なにがって、由衣こそなに言ってるのよ。公園で仲良くランチしてたでしょ」

「環さん、見てたんですか？」

「見てたどころか、隣のベンチに座ってたわよ」

「えっ⁉」

「由衣ったら全然こっちを見ないんだもん、ねーっ」

環が同僚と顔を見合わせて面白そうに笑う。

「婚約者と二人でずっと見つめあってさー」

「そうそう、完全に二人の世界だったわよね」

「ずっとなんて……」

由衣が戸惑いながら答える。

そんな風に見えていたなんて……と、今さらながら恥ずかしくなってきた。

「お似合いのカップルで羨《うらや》ましいわよ。わたしも素敵な彼氏がほしー」

「ほんとよね。わたしたちも頑張ろうよ」

笑顔の環たちの言葉に、由衣はまた蓮とのやりとりを思い出す。すると、由衣の心の中がじんわりと温かくなった。

ずっと懸念していたことはなにも進まず、むしろ心配が増えてしまったけれど、蓮との関係は良い風に進んでいるようだ。

そのことは今の由衣にとって、唯一の救いだった。

13

蓮のもとにその招待状が届いたのは、由衣と公園で食事をした一週間後のことだった。

「ホークシステム新役員就任披露パーティーか……」

中身をちらりと見て、蓮が呟《つぶや》く。

新しい経営陣になってから、業績は落ち込んでいる。前社長解任のゴタゴタはまだ尾を引いていた。その前社長と関わりの深い自分を招待するのは、それなりにリスクがあると思うが、それ以上に竜崎の名前を持つ人間が出席することが重要だと考えているのだろう。パーティーの場所も、竜崎グループのホテルだった。

会社経営には信頼が必要だ。もし竜崎が手を貸すなら、失った信頼もある程度は蘇《よみがえ》る。

「パーティーなんて、やってる状況じゃないと思うけどね」

鹿野内が言い、蓮も頷く。

「たしかに。だが今のままでは印象が悪いからな。クリーンな役員人事であることを説明する良い機会だ」

「どうする？　出るか？　スケジュール的には問題ないぞ」

鹿野内が手帳を見ながら問う。

「出る。なにかわかるかもしれないからな」

ここで恩を売っておけば、後々役に立つかもしれない。蓮はそう考えた。

「もしかしたら、例の男も来るかもしれませんね。由衣さんなら顔を見ればわかるでしょうか？」

犬飼の言葉に、蓮が顔をしかめた。

「例の電話の相手がいれば、その男が接触してくる可能性は高いな。だが、由衣をそこに連れていくのは危険だろう。会社関係者には由衣の顔を知っている者も多いだろうし、父親を陥《おとしい》れた人間がいるとしたら、由衣に危害を加える可能性も捨てきれない」

「それもそうか。でも、男が金の回収目当てならこの機会を逃さないだろう。俺なら絶対に潜《もぐ》り込んでそいつに接触する。そして、男の顔を確認出来るのは由衣さんだけだ」

鹿野内が確信を持ったように言った。

「写真で確認は？」

「関係者や招待客を合わせると相当な数ですよ。全員写真に収めるのは物理的に不可能でしょう」

「では防犯カメラをチェックすることは？」

「いくら蓮さんとはいえ、正式な開示手続きを踏まない以上無理ですね」

蓮の問いに犬飼が苦い顔で答え、男三人は頭を抱えた。

「本人に聞いてみるか」

蓮はそう呟《つぶや》くと、由衣に連絡を入れる。数時間後に返事が来て、仕事終わりに蓮のオフィスで会うことになった。

その夜、蓮のオフィスに入ってきた由衣は、急いで来たのか少し息を切らしていた。

「そんなに慌てるな」

蓮が苦笑しながら言うと、由衣も照れくさそうに笑う。

「ごめんなさい。気になってしまって」

鹿野内が用意した冷たいお茶を飲み、ようやくホッと一息ついたところへ、蓮は件《くだん》の招待状を出した。

「今日届いたんだ」

「見てもいいの？」

「ああ」

蓮が頷くと、由衣はその封筒を開けて中身を読んだ。

その瞬間、由衣の顔に動揺が走る。

「大丈夫か？」

「ええ……」

パーティーの開催に由衣がショックを受けるのも当然だろう。父親がどう思うか、考えたはずだ。

「蓮さんは出席するの？」

「そのつもりだ。なにか情報を掴《つか》めるかもしれないし、もしかしたら、由衣の見たあの男が現れるかもしれないだろ？」

蓮の言葉に、由衣はハッと顔を上げた。今日、呼ばれた理由が瞬時にわかったようだ。

由衣はパーティーに招待されていないので、参加することはそもそも不可能だ。無理をすれば蓮の連れとして一緒に行くことは可能ではあるけれど、蓮もそこまで考えなしではない。今のホークシステムにとって、由衣はおそらく歓迎されない客なのだ。

けれど、あの男の顔を判別出来るのは由衣だけだった。

「写真を撮ることも考えたが、数が多すぎる」

「入り口で見張ってるのはダメ？」

「それも考えましたが、出入り口は何か所かあるので、由衣さん一人では対応出来ないかと」

犬飼が言い、由衣も渋々頷いた。

どうしたものかと全員で考え込んだその時、由衣はハッと顔を上げて言った。

「パーティーの会場ってホテルよね？」

「そうだ」

「どこのホテル？」

「うちの系列グループです」

犬飼が持っていた資料を見て答えた。

「だったら好都合だわ。わたしをスタッフとして潜《もぐ》り込ませることは出来ないかしら？」

由衣がそう言うと、蓮たちが驚いた顔をした。

「パーティーにはたくさんのスタッフが必要でしょ？　その中に紛《まぎ》れることが出来たら、他の人にはわからないんじゃないかと思うの」

「不可能ではないが……」

蓮は苦い顔になる。

「もちろん変装するわよ。メガネとかで。出来るだけ表に出ないように、こっそり動くようにする。そしたら、あの男の人を見つけることも出来るかもしれないじゃない」

「しかし……」

蓮としては、由衣を危険な目に遭わせたくない。その案が、果たして良いのか悪いのか、考えあぐねる。

「そこは俺たちがフォローするよ。他に手はないだろ」

そう言ったのは鹿野内だった。犬飼も渋々だが頷いている。

「由衣さんの言う通り、うちの系列のホテルなのでウェイトレスの一人くらい潜《もぐ》り込ませることは簡単です。パーティーの間、常に誰かが由衣さんのそばにいるよう手配すれば危険もないでしょう。わたしに当てがあります。それなら大丈夫ではないですか」

「そこまでしてもらえるなら、わたしも安心だわ！」

由衣が嬉しそうに答えると、蓮も渋々ながら了承し、犬飼たちに指示を出す。

「万全の体制になるよう、準備をしてくれ」

「ならわたしも、ウェイトレスさんについて詳しく勉強しなくちゃ！　接客は受付以外やったことがないもの」

嬉々として答えた由衣を見て、蓮は微妙な気持ちになった。

由衣の勉強熱心さは今にはじまったことではない。パーティー当日までには、完璧な知識を頭の中に入れているだろう。

それは彼女の誇るべきところだが、やはり一緒に連れていくことに不安が残る。

ウェイトレス姿の由衣か……

蓮は頭の中で想像した瞬間、体の力が抜けソファに沈み込んだ。

「蓮さん？　どうしたの？」

由衣が不思議そうな顔で蓮を見た。

「い、いや。なんでもない」

こんな時になにを不謹慎なことを……

蓮は必死で首をぶんぶんと振った。

由衣はわかっていないが、蓮を良く知る側近二人は、その思考が手に取るようにわかっていた。

お前の想像しているようなウェイトレスじゃないぞ。

二人は内心で突っ込みながら、生暖かい目で見守った。

14

話し合いが終わったあと、由衣は蓮の車で家まで送ってもらった。

「おかえりなさい。最近よく蓮さんと一緒なのね」

迎えてくれた母がなんだか嬉しそうに言った。

「そう？　たまたまよ」

由衣は誤魔化すように言い、逃げるように自分の部屋に入った。

パーティーに潜《もぐ》り込むことを両親に知られるわけにはいかない。ただでさえ、両親は会社のことを一切話さないのだ。きっと由衣が少しでも関わることに良い顔をしないだろう。

それがわかっていても、知りたいことを止められない。

由衣は申し訳ないと思いつつも、彼女なりの準備をはじめた。


パーティーは土曜日の夜だったので、由衣は前から打ち合わせていた通り、両親には朝から蓮とデートで、帰りも遅くなると伝えた。

迎えの車に乗り込み、パーティー会場であるホテルに向かう。今回由衣は臨時スタッフとして雇われたことになっている。

多少の勉強はしてきたとはいえ、はじめての経験なのでものすごく緊張していた。由衣は、ホテルに着くと犬飼から一人の女性を紹介された。

「はじめまして、熊田《くまだ》です」

由衣よりも年上に見えるその女性が、にこりと笑う。

「彼女はこのホテルの接客担当のチーフです。今回由衣さんと一緒に動いてもらうことになりました。困ったことがあれば彼女に言ってください」

「まあ。お世話になります。よろしくお願いいたします」

由衣が深々と頭を下げると、熊田は慌てて手を振る。

「いえいえ、そんなご丁寧に」

「彼女は僕の従姉《いとこ》なんです。なので、そんな畏《かしこ》まらなくて大丈夫ですよ」

犬飼がそう言うと、熊田がえへへと笑った。

「まあ、犬飼さんのご親戚なんですね」

「そうです。だから事情もちゃんと伺っています。お役に立てるよう、努力しますね」

「こちらこそよろしくお願いいたします」

犬飼は大まかな段取りを説明し、あとは熊田に託して出ていった。

「多少は接客をしていただかないといけないので、少し覚えてもらいたいことがあります」

由衣を案内しながら、熊田が言った。

「はい。元々そのつもりで、多少の知識は頭に入れてきましたが、なにせなにもかもがはじめてなもので……」

「わかります。ご不安ですよね。でもそれほど難しいことはありません。基本はトレイに飲み物を載せて、会場内をウロウロしていただくだけです。それなら、人も探しやすいでしょう？」

「なるほど！　そうですね。お気遣いありがとうございます」

「いえいえ。ではまずは着替えていただきましょう」

熊田はそう言い、由衣を更衣室に連れていった。

そこで渡されたのは白いシャツと黒いベスト、同じく黒のパンツに、丈の長い黒のエプロン。胸につけるリボンも真っ黒だ。

はじめての恰好に、由衣はドキドキしながら着替える。

熊田に借りたゴムで髪を結わえて一つにまとめ、今日のためにと犬飼からもらった伊達メガネをかけ、前髪を流すように整えて顔の印象を変えた。

「どうでしょう？」

両手を広げ、熊田に見せる。熊田は由衣の頭からつま先までを何度も眺め、うんうんと頷いた。

「良いですね。パッと見ただけでは、由衣さんとはわかりません。そもそもお客様はスタッフの顔なんてまともに見ていないから、大丈夫ですけどね。念のため、他の子にも同じような恰好をしてもらいましょう。それでますます紛《まぎ》れるはずです」

熊田はその言葉通り、今回のパーティーで働く他のスタッフの女の子何人かに同じメガネをかけさせ、さらに他の子には由衣と同じような髪型になるようにした。

全員が並ぶと、誰が誰だか……と言うほど似通っている。

最初は戸惑っていた他のスタッフも、面白がっていた。

由衣はその後、他のスタッフらと一緒に説明を受け、会場設営も手伝った。

熊田に言ったように多少の知識は仕入れてきたけれど、やはりあまり役に立たなそうだ。

何事も実践あるのみってことね。

緊張したが、新しい経験を重ねることは、由衣にとってはまったく苦ではなかった。自分の知識が増えていくことは純粋に嬉しい。

着々と準備は進み、由衣は大きなトレイにたくさんのグラスを載せるコツを教えてもらった。基本的に熊田について歩くだけなので、心置きなく人探しが出来そうだと安堵する。


由衣の緊張がピークに達した頃、パーティーは始まった。

入り口を見張って入ってくる招待客を見定めようかと思っていたけれど、実際はそれどころではなかった。バックヤードでは常に声が飛び交い、誰もが忙《せわ》しなく動いている。それは由衣も例外ではない。テーブルに大量の料理を運び、慌ただしく動いている間に、緊張感は消えていた。

蓮がこのホテルの一室を控室として用意していることは聞いている。同じ建物の中に蓮がいることも、由衣にとっては心強いことだった。

由衣がテーブルを整えていた時、ほんの少しだけ会場が静かになった。顔を上げ、入り口を見ると、蓮が入ってくるのが見えた。

黒いスーツを着て優雅に歩いている。その後ろには犬飼と鹿野内を従えていた。彼のためだけに人垣が出来、まるで王様を迎え入れるかのようだ。

竜崎蓮が特別な人間であることが、この一瞬でよくわかる。

すぐに大勢の人たちに囲まれてしまった蓮を見ながら、由衣は自分の仕事を続けた。

トレイを片手に会場内を慌ただしく動いていた時、ふいに腕を掴《つか》まれた。ぎょっとして振り返ると、それは蓮だった。

「まあ、……蓮さん！」

咄嗟《とっさ》に声を落とし、由衣は目を丸くして蓮を見つめた。

蓮も同じく驚いたような顔をして由衣を見ている。

「……その恰好」

「え？　恰好？」

思わず由衣は自分を見下ろした。

白いシャツに黒いベストとズボン。そこに長めの黒いエプロンをつけていた。一つに結んだ髪と黒縁《くろぶち》のメガネというういでたちも、いたって普通だろう。

由衣が不思議そうに蓮を見返した瞬間、蓮が膝から崩れ落ちるようにその場にしゃがみこんだ。

「え、蓮さん、どうしたの？　大丈夫？」

驚く由衣の耳に、蓮がぶつぶつと呟《つぶや》く声が聞こえた。

「どうりでなにかおかしいと思った。おかしいのは俺の想像力の方じゃないか。ウェイトレスなんて言うから、てっきりアレだと……」

「蓮さん？」

心配そうに蓮を見つめる由衣に、別の方から声が掛かった。

「大丈夫ですよ、由衣さん」

蓮を追いかけてきた犬飼だ。

「ちょっと想像と違ったので、びっくりしただけですから」

鹿野内が笑いながら、さっさと蓮を立ち上がらせる。

「あなたが目立ってどうするんですか」

犬飼は蓮に向かって、顔をしかめた。

怒っているように見えるけれど、実際には笑いを堪《こら》えているような顔だ。現に鹿野内は笑っている。

「笑うな」

苦虫を噛みつぶしたような顔で蓮が言う。

「笑うだろ、普通に。どうりで様子がおかしいと思ったんだよ」

「ウェイトレスと聞いて、可愛らしいスカート姿を想像したのはすぐに察しましたけどね。普通に考えたら違うってわかるでしょう」

二人から口々に言われ、蓮の眉間のしわがさらに深くなる。

由衣は訳がわからず、ぽかんとしたまま三人を見ていた。

「今まで何度もいろんな会社のパーティーに参加して、いましたか？　そんな恰好の女の子が」

「お前は由衣さんが絡むと途端にとんちんかんになるな」

「うるさい」

蓮の機嫌がさらに悪くなるが、側近二人は気にしない。

「由衣さんの可愛いスカート姿が見たかったら、頼んで着てもらいなさい」

「ちょっと犬飼さん。本当に頼むかもしれないから、それ以上言ったらダメですって」

その瞬間、蓮の目が一瞬キラッと光った気がしたけれど、由衣にはまだ理解不能だった。

気を取り直すように咳払いをした犬飼が、由衣に向き直る。

「お邪魔してすみません。気にせず続けてください」

「あ、はい」

由衣は戸惑いながらも頷き、トレイを持ち直してその場を去った。


蓮の様子が気になったけれど、由衣は自分の仕事だけでてんてこ舞いだった。

ただ飲み物を運ぶだけなのだけど、これがなかなか難しい。この調子で果たしてあの男を見つけることが出来るのか、由衣はただただ不安だった。

不安定なトレイを必死で持ち、熊田のあとにひたすらついていく。彼女がいて本当に良かった。

それと同時に、自分の考えのなさに腹が立ってもいた。

まったく、わたしはやっぱり世間知らずだ。

「乾杯が終われば楽になりますから」

熊田が由衣を振り返って言った。必死で頷きながら、飲み物を配ってまわる。

パーティーの会場にはかなり大勢の招待客が集まって、由衣が見知った人も何人かいたけれど、蓮以外誰も由衣に気づいた様子はない。

一《いち》スタッフの顔などみんな気にしていないのだ。

そのことに安心しつつ壇上を見ると、そこには新役員が並んでいた。その人たちも由衣の知っている人たちだ。

この人たちが父を追い出したのかもしれない。

そんな思いが頭をよぎると、胸が苦しくなる。

新しく社長に就任した蜂谷は、由衣の父親の右腕のような人だった。父が社長、彼が副社長として、長く二人で経営してきたのだ。

その人が今、壇上で挨拶《あいさつ》をはじめようとしていた。

由衣はなんとも言えない気持ちになりながらも、この会社がうまくいくことを願う。

熊田が言った通り、乾杯が終われば忙しさが少しだけ緩和された。飲み物を載せたトレイを持って、一人で自由に動いても大丈夫なほどだ。

招待客はそれぞれ飲んだり食べたりしながら、歓談をはじめている。離れた場所で蓮が大勢に囲まれているのも見えた。

一般の人が竜崎の御曹司に出会える機会は、由衣の想像以上に少ない。その少ない機会を逃さないよう、蓮のまわりには途切れない列が続いている。

由衣がさらに気になったのは、蓮を取りまく輪の中に、スーツ姿の男性陣と同じくらい、着飾った女性たちがいることだった。パーティーには関係者はもちろん、その配偶者や家族も招待されているようだ。

蓮には由衣という婚約者がいるが、この婚約は本当に私的なもので、積極的には公《おおやけ》にしていなかった。だから由衣の存在を知らない、年頃の娘を持つ親の多くは、蓮を最強の花婿候補と見ている。

由衣自身も、どちらかに恋人でも出来たら、簡単に解消されるものと思っていた。それが公《おおやけ》にされない理由だと考えていたのだ。

残念ながら由衣はそんな相手に出会うことはなかったけれど、蓮はその機会も多かっただろう。由衣だってそこまで子どもじゃないので、蓮にたびたび相手がいたことは知っていた。そのたびに婚約解消が正式なものになるのでは？　と思ったものだ。

けれど、なぜか今でも蓮の中では婚約は継続している。由衣はそれが不思議だった。きっと由衣よりも蓮に相応《ふさわ》しい人が大勢いるだろうに。

それを思うといつもなんとも言えない気持ちになるけれど、純然たる事実だ。

今だって、遠目からでも蓮の姿は目を引いていた。まわりに集まってる女性はもちろん、男性まで浮き足立っているように見える。

蓮さんはすごい人なんだ。

由衣が改めてそう思った時、

「蓮さん！」

と甲高い声が辺りに響いた。由衣が目を細めてそちらを見ると、ひときわ華やかな装《よそお》いをした女性が蓮に近寄っている。

「あら、あれは……」

池貝瑠璃だ。

池貝は蓮の目の前に立ち、こぼれんばかりの笑みを浮かべた。そして、真っ赤に塗られた唇が滑らかに動く。

蓮の表情は変わらず、黙ったまま彼女の言葉に耳を傾けていた。

するとまた違う女性が現れた。着ているのは真っ黒なドレス。派手な印象は受けず、その美しい容姿によく似合っている。由衣よりも年上で大人っぽい女性だ。

蓮の視線がその人を捉《とら》えた瞬間、さっと表情が変わる。蓮が口を開いて和《なご》やかに談笑しているのが、由衣のいる場所からでもわかった。悔しそうな顔に変わった池貝が不機嫌な足取りで立ち去ったあとも、蓮はその女性と話している。

誰かしら？　蓮さんがあんな風に話すのは見たことがなかった。

いや、そもそも仕事をしている蓮を見たことはほぼない。

由衣の知らない美しい女性と楽しそうに話す蓮を、由衣は壁際に立ってこっそりと見続けた。

もしかしたら、蓮と関係のあった人かもしれない。

そんなことが頭に浮かんだ途端、ショックを受けている自分に気づいた。ついさっきまで、蓮の交遊関係についてなんとも思わなかったのに。

蓮のまわりには、常にあんな女性たちがいたのだ。今まで直接見たことがなかったから、実感がなかっただけで。

頭の中をぐるぐるとまわる思いに、由衣は動揺する。

蓮のことで自分がこんな風になるなんて思わなかった。

これじゃあまるで……

壁に凭《もた》れ、しゃがみ込みたくなるのを堪《こら》えた。

なんだかわたし、変だ。

しっかりして、由衣。今夜の使命を忘れたの？

そうだ、早くあの男の人を探すか、なにか手掛かりを見つけないと。

まだ女性と話している蓮から目を逸らし、由衣は壁沿いに歩き出した。

パーティーの規模は大きく、大勢の人たちがそこかしこで会話している。新役員たちも会場内に散らばり、接待に励んでいるようだ。

改めて由衣はトレイを持って会場内を歩きまわった。

飲み物を配りながら、メガネ越しに会場を見回すけれど、あの時の男の人はいなさそうだ。

やっぱりそう簡単にはいかないか。

内心がっかりした時、ポンと肩を叩かれた。驚いて振り返ると、赤ら顔の男性が二人、目の前に立っていた。由衣の知らない招待客たちのようだ。

「おねえちゃん、ビールある？」

「申し訳ございません。ビールは中央テーブルにございます。ワインであればこちらにございますが……」

トレイには赤と白のワインが入ったグラスが二つずつ載っている。

それを手で示し、由衣は習った通りに答えた。

「あー、じゃあそれでいいや」

男たちはそう言い、赤ワインのグラスを二つ取ってぐいっと飲んだ。

「まったく、大層なもんだよな」

男が隣の男にこっそりと言った。その声はどこか皮肉げで、なんだか気に掛かる。

「こんなこと、やってる場合じゃないのになあ」

答えた男もまた、心底軽蔑するような顔をしていた。

その瞬間、由衣の好奇心がむくむくと膨れ上がり、そっと壁際に下がって、男たちの斜め後ろに立つ。

なにか手掛かりになる話が聞けるかもしれない。

「いったいこのパーティーにいくらかけたんだか。まったく上の連中のやることは理解出来ないな」

「実際、そんな余裕はないことはたしかだよ。次のボーナスだって、出るか怪しいって噂だぞ」

「前の社長がなにやって辞めさせられたのかは知らないけど、あの人がいたらここまでグダグダにはならなかったはずだよ」

「上の連中はどこまで現状を理解してるのか、甚《はなは》だ疑問だね。せっかくの新事業もなぜか止めちゃうし。このパーティーすら、社内で反対が多かったのに、無理やり決行した上に強制参加なんだぜ。人数合わせの合コンかっつーの。もうしこたま飲むしかないだろ」

「竜崎の御曹司まで招待して、もう必死だな」

二人の会話をこっそりと聞きながら、由衣は自分の心臓がドキドキしているのを感じていた。父の作った会社は、由衣の想像以上に悪くなっているようだ。

「誰かが前の社長を陥《おとしい》れたなんてきな臭い噂もずっとくすぶってるし、犯人探しで会社の中が疑心暗鬼状態だよ。俺はあの人が怪しいと思うけどなあ」

そこで由衣はハッと顔を上げた。

「おっと。俺呼ばれてるから行くわ」

一人の男が離れ、もう一人がその場に残る。

由衣は思い切ってその男に声を掛けた。

「すみません。今なさっていたお話、もう少し詳しく教えていただけませんか?」

男は一瞬驚いた顔になったけれど、すぐにニヤリと笑った。

「おお、ねえちゃん、興味があるのかい。じゃあもうちょっと隅の方に行こう」

男が会場の外を指差した。由衣が頷いてついて行こうとした瞬間、誰かが由衣の腕をそっと掴《つか》んだ。

「向こうで呼ばれていますよ」

低い声が耳元で聞こえた。由衣はゾクッとしながら驚いて振り返ると、そこには蓮がいた。

「早く行かれた方が良い」

蓮は由衣を見ずに男に言った。

「え、りゅ、竜崎の……あ、ああ、すみません」

男は蓮に圧倒されたように後ずさり、足早に去った。

せっかく話が聞けると思ったのに。

由衣は腹立たしく思いながら振り返ると、蓮が見たこともないくらい怒った顔をしていた。

「れ、蓮さん？」

由衣が小さな声で呟《つぶや》くとほぼ同時に、蓮は由衣の腕を掴《つか》んだまま歩き出した。

「えっ、蓮さん⁉」

持っていたトレイがガチャガチャと音を立てる。それに気づいた蓮はトレイを由衣から奪い、すぐそばにいた犬飼に押し付けるように渡した。

「適当に誤魔化せ」

そう言った蓮に、犬飼は苦笑いを浮かべながら手を上げて応《こた》えた。

「ちょ、ちょっと蓮さん！」

なにがなんだかわからないまま、由衣は蓮に引っ張られるように会場の外に出た。

15

蓮の頭の中は怒りでいっぱいだった。まさに頭に血が上るという表現がぴったりだ。ついさっきまで、久しぶりに会った知人と楽しく話していたのに。

由衣の姿が見えないと急いで探せば、酔っ払いに絡まれているじゃないか。おまけに、人気《ひとけ》のないところに誘われて！

それにホイホイとついて行きそうになっていた由衣に、猛烈に腹が立っていた。

蓮は由衣を会場の外に連れ出し、通路の奥まった場所に押し込んだ。

「蓮さんったら、どうしたの？」

「どうしたじゃない！　なにを考えている。酔っぱらいにのこのこついて行こうとするなんて」

蓮の剣幕に由衣は目を丸くする。

「のこのこって……会社のことを聞けそうだったのよ」

「そんなこと言って騙《だま》されたらどうする！　相手は知らない男なんだぞ」

頭ごなしに責められ、由衣もさすがにカチンと来たようだ。

「そんなにがみがみ言うことないじゃない」

「どこかに連れ込まれて、なにかされたらどうするんだ！」

「なにかってなによ。蓮さんだって、きれいな女の人と仲良く話してたじゃない！　デレデレしちゃって！」

「…………」

蓮の顔から表情が消えた。

すると、由衣は驚いたように目を見開いた。自分がなにを言ったのか、理解したようだ。

「……由衣、なんだって？」

「……なんでもない」

「今、なんと言った？」

「なにも言ってない」

「由衣」

「……」

蓮は顔をぐっと近寄せた。蓮の手は由衣の腕を掴《つか》んだままだ。蓮は腕を引き寄せ、さらに二人の距離が近づく。

蓮の胸の鼓動が急速にスピードを上げ、自分の耳の中でドクドクと響いていた。

ついさっきまであった煮えたぎるような怒りは消え去っていた。由衣の言葉に一瞬あっけに取られたものの、すぐに顔がにやけそうになるのを全力で堪《こら》える。

由衣の言葉にあった、その女性が誰のことを指しているのかはわかった。世間話をしていただけで、デレデレなんて決してしていない。あえて言うなら、その直前に図々《ずうずう》しく現れた池貝の娘に見せつけるため、必要以上に愛想よくした意図はあった。

それが、別の場所でも功を奏すとは。

由衣がいわゆる嫉妬心を表したのははじめてのことだ。

これまで蓮がなにをしても、由衣の反応は薄かった。近頃は例の件があったことでかなり距離は縮まったものの、こんな言葉を聞けるとは思わなかった。

「さっきの女性は、取引先の人だ」

蓮は由衣の目を見てはっきりと言った。

蓮が気軽に話をする女性はそう多くはない。蓮はこういうパーティーにおける自分の立ち位置をよく理解していた。由衣という婚約者がいる以上、むやみに若い女性と話さないようにしていたし、誤解を生まない相手としか親しく話さない。さっきの女性はその数少ない中の一人で、もちろん既婚者だった。

「……そうなの？」

「そうだ。由衣が思っているような人じゃない」

「……わたし、なにも思っていないわ」

蓮はとぼける由衣の腕をさらに引き寄せた。黒縁《くろぶち》メガネの向こうで、由衣の目がまんまるに開く。レンズには蓮の顔が映り込んでいた。自分でも見たことがないほど緊張した顔に戸惑う以上に、この距離の近さに興奮する。

蓮は由衣の顔をじっと見つめた。子どもの頃でさえ、こんなに近づいたことはない。蓮の目が由衣の唇を捉《とら》える。薔薇色《ばらいろ》の唇は艶《つや》やかで、うっすらと開いていた。

そこに吸い寄せられるように蓮の顔が動く。由衣の腕を掴《つか》んでいた手が、今度は彼女の背中にまわり、そのまま腕の中に引き寄せる。由衣はなんの抵抗もなくそこに収まった。

由衣もじっと蓮を見つめていた。その体は硬く強張《こわば》っていて、まるで時が止まっているようだ。

それでも、蓮は由衣に近づくことを止められない。目は由衣の唇に釘付けになっていた。

お互いの息を感じるほど距離は縮まり、そして、蓮の唇が由衣のそれに触れた。

その柔らかさにさらに衝撃を受け、頭の中が痺《しび》れる。

目を見開いたまま固まる由衣の体を、蓮はぎゅっと抱きしめた。

重なった唇がさらに深くなり、蓮の舌先が由衣の唇を舐めた。促《うなが》されるように開いた隙間にそれが入り込む。

口の中を甘く舐められ、由衣の体がビクッと震えた。

蓮の舌が愛撫をするように由衣の口の中を彷徨《さまよ》うが、由衣は蓮の胸元をぎゅっと掴《つか》んで固まったままだ。そんな由衣をさらに抱きしめ、蓮はキスを続けた。

キスの経験など数えきれないくらいあるくせに、こんな風になにも考えられなくなるのははじめてだ。

「んっ……」

由衣の口から小さな声が漏れた。その甘い声に、蓮の心臓の動きがまた速くなる。

蓮の頭の中は真っ白で、ハレーションのように光が走っていた。ただただ彼女の唇の甘さを味わいたいという衝動に突き動かされている。

それは由衣も同じようだった。キスを返すことはしないまでも、必死で蓮にしがみつき、キスを受け止めている。

お互いが無我夢中になっていたその時、由衣が突然動き出した。

「んん！」

由衣が蓮の胸を叩いたけれど、蓮はキスに夢中になっている。

「んっ、ううっ……んん！」

今度はさっきよりも強く由衣が蓮の胸を叩く。

「……なんだ？」

蓮はようやく唇を離して由衣を見下ろした。

「あの人よ！　あの人がいたの！」

甘い雰囲気などひと欠片《かけら》もない声で由衣が叫ぶ。

「は？」

まだ混乱している蓮に、由衣がじれったそうに言う。

「ショールームにいた男の人よ。さっきすぐ近くを通ったの。向こうからは見えていないわ、ちょうど死角だったから。奥に向かって歩いていったから、早く追いかけなきゃ見失っちゃう」

由衣の必死の説明に、蓮の頭の中がようやく冷えてきた。

どうやら由衣はキスの間も目を開けていたらしい。慣れていないのなら、それも当然か。

「早く、蓮さん」

由衣に引っ張られ、歩き出す。

「由衣――」

「静かに」

シッと指を立てた由衣に従って歩きながら、蓮は頭の中を整理する。無我夢中でキスをしていたはずなのに、どうしてこんなことに。

そして、蓮はようやく今日のパーティーの本当の目的を思い出した。今の今まで、まったく忘れていたのだ。

くそ、あの男。せっかくのところを邪魔しやがって。絶対に許さん!!

蓮は怒りで頭を沸騰させながら、由衣の後に続いた。

男が向かった方に行くと非常階段に出た。上にも下にも階段が続いていて、男がどっちに進んだかわからない。

「……どこかしら？」

由衣が呟《つぶや》くと、今度は蓮がシッと指を立てた。

険しい顔でまわりを見回すと、由衣もそれに倣《なら》って黙ったままあちこちを見る。するとどこかから微《かす》かな話し声が聞こえた。

上からだ。

蓮と由衣が同時に上を見上げた。二人で顔を見合わせ、小さく頷きあう。今度は蓮が先に立ち、音を立てないようにゆっくりと階段を上がった。

階段を上がるたびに声が鮮明になっていく。男が少なくとも二人、そこにいるようだ。

上がった先の踊り場より奥まった場所から声が聞こえる。

二人は気配を消し、向こうから姿が見えないようにそっと覗《のぞ》き込んだ。

暗がりに男が二人いた。はっきりと見えないけれど、手前にいるのは例の男に違いない。

蓮が確認するように由衣を見る。由衣が頷くと蓮も頷き、視線を男たちに戻した。

「金はいつになるんだ!?」

手前にいる男がイライラとした口調で言った。

「なにもこんな日に……」

苦い口調で答えたのは、奥にいる男だ。蓮はその声に聞き覚えがなかったが、由衣は驚いたような顔をしている。

「あんたが電話にも出ないから、こんな日に来たんじゃないか」

「金はちゃんと用意する。もう少し待ってくれ」

「その台詞《せりふ》は聞き飽きた。いったい何か月待たせるんだ」

「会社の金をまだ自由に動かせないんだ」

「前の社長を追い出せば、金はすぐに自由に出来ると言ったじゃないか」

「そのつもりだった。だけど、予定外の支出をする時は、複数の幹部の承認が要るんだよ」

「命令すれば良いだろう」

「金関係はすべて経理が握っていて、社長でさえ自由にはならないんだ。誰も不正出来ないよう、鷹野がそういうシステムにした」

「なんだよ、それ。じゃあ、あんたはそのシステムを知らなかったってことか⁉　ずっと副社長だったんだろ！」

男の言葉に蓮はハッと目を見開いた。由衣を見下ろすと、青ざめた顔をしている。由衣はすでに相手の正体に気づいていたようだ。

副社長の名前はたしか蜂谷と言ったはず。由衣の父親の右腕とされた創設初期のメンバーだ。

「経営は、すべて鷹野が握ってたんだ。わたしは開発に専念して……」

「なるほど。素人《しろうと》だったというわけか」

男があざけるように言うと、元副社長――蜂谷がムッとしたように答えた。

「失礼な。鷹野に出来たことがわたしに出来ないはずはない。同じ大学を出て、ずっと一緒だったんだ」

「そんな友達を陥《おとし》れたくせに、よく言う」

「裏切ったのは鷹野の方だ。あいつがわたしの言うことを聞かないから……」

「あんたの事情はいいよ。とにかく、こっちは危ない橋を渡って言われたことをやったんだ。早急に金を用意してくれよ。会社の金が無理なら、自分の資産からなんとかすればいいだろ」

男はそう言い捨てると、こちら側に振り返った。

蓮はとっさに由衣の体を抱き寄せ、暗がりに身を潜《ひそ》める。

階段を下りる足音のあと、蜂谷もそこから離れる気配がした。

そして沈黙が続き、誰もいなくなったことを確認して、蓮はようやくホッと息を吐く。腕の中にいる由衣は大丈夫だろうかと見下ろして、ぎょっとした。

「由衣、だ、大丈夫か⁉」

由衣は目を見開いたまま、静かに泣いていた。はらはらと涙がこぼれ、頬を濡らしている。

「由衣……」

見たこともない表情に、蓮は胸が締め付けられる。そのまま抱きしめ、細い背中をそっと撫でた。

由衣の涙は止まらず、蓮のスーツを濡らしていく。

「由衣の知っているやつか？」

蓮が静かな声で尋ねると、由衣が震える体で頷いた。

「ち、小さい頃から知ってるの。うちに来たこともあるし、わたしのお誕生日や記念日にいつもお祝いをくれて……」

由衣が声を詰まらせながら答える。

「優しい人だと思ってたのに……どうして？」

「由衣……」

蓮は由衣の背中を撫で続けた。由衣の目からはまだ涙が溢《あふ》れている。

「お父さんは知っていたのかしら？」

「……多分、知っていたんだろうな。だから、何も言わなかったのかもしれない」

蓮が答えると、由衣はさらに体を震わせて涙を流した。

大切な友人に裏切られたのだ。

その事実が、蓮と由衣の胸をさらに苦しめた。

「う……うっ」

由衣の体が震え、嗚咽《おえつ》が漏れる。

「由衣……」

蓮はぎゅっと抱きしめ、何度も背中をさすった。

16

由衣の涙がようやく止まったのは、それからしばらく経ってからだった。鏡を見なくてもわかるほど、目のまわりがヒリヒリする。自分がひどい顔をしていることを自覚していたので、蓮の胸に顔を埋《うず》めたまま、動くことが出来ない。

「由衣、大丈夫か？」

蓮の声が聞こえ、由衣はなんとか頷いた。

「ご、ごめんなさい」

「いや……」

低い声で呟《つぶや》きながらも、蓮はまだ由衣の背中を撫でている。

「どうする？　戻るか？」

「こんな顔じゃ、戻れないわ。それに、家に帰っても、お父さんにどんな顔をして会えばいいのか、わからない」

今父の顔を見たら、また泣いてしまいそうだった。

「……だったら、泊まっていくか？」

蓮の声がやけに低い。

「どこに？」

由衣が顔を上げると、蓮が見下ろしている。その目は驚くほど真剣に見えた。

「ここに、部屋を取っている。なにかあった時のために」

蓮の言葉で、由衣はここがホテルだということを思い出す。

「泊まっていくか？」

蓮が再度聞いた。

「蓮さんも一緒に？」

どうしてその言葉が出たのか、由衣は自分でも理解出来なかった。でも今、由衣には蓮が必要だった。

蓮は真剣な顔のまま、由衣を見ている。

「望むなら」

「なら、一緒がいいわ。蓮さんと一緒がいい」

由衣はそう言い、また蓮の胸に顔を埋《うず》めた。抱きしめられた腕に、再度力がこもる。

今は一人になりたくなかった。

ただそれだけだと、由衣は思った。


由衣は蓮に支えられながら移動した。途中で蓮が電話で指示をしている声が聞こえたけれど、内容までは耳に入らなかった。なんとか熊田だけには謝罪と礼を言い、蓮に連れられるがままにエレベーターに乗る。

由衣は蓮の胸に凭《もた》れて目を瞑《つぶ》っていた。落ち着いたと思える今でさえ、油断すると涙が出てくる。エレベーターの到着音とともに扉が開く気配がした。蓮に促《うなが》されて着いた先は、やけに広いスイートルームだった。

「……ここは？」

「もともと控室用に借りていた部屋だ。由衣のご両親にはもう連絡してある。……久しぶりに楽しんできなさいと言われた」

「そう……」

蓮が両親になんと言ったかわからないが、自分で話さないでいられたことにホッとした。

蓮は由衣を促《うなが》し、大きなソファに座らせた。布張りのソファは柔らかく、由衣の体を包むように沈む。

「なにか食べるか？」

蓮の問いに由衣は首を振った。時間的には夕食の時間をとっくに過ぎている。パーティーが始まる前にスタッフのみんなで軽食を取ったが、今の由衣にはなにも喉を通る気がしなかった。

ふるふると首を横に振ると、蓮は頷き、いったん扉の向こうに消えた。戻ってきた時にはジャケットを脱いでネクタイが外されていた。それとほぼ同時に部屋のインターホンが鳴り、応対した蓮が由衣の荷物と着替えを持ってきてくれる。

「まあ、ありがとう」

荷物を受け取り、自分がまだエプロンをつけたままだということに気がついた。もそもそとエプロンを外してホッと息を吐く。

ふと、テーブルの上に水の入ったグラスが置かれた。顔を上げると、蓮が心配そうな顔で由衣を見ている。

「ただの水だ。大丈夫か？」

由衣は頷き、グラスを持って一口飲んだ。冷たい水が喉を潤《うるお》す。ゴクゴクと飲むと、体中に染みわたるようだった。

泣きすぎて、体が干からびていたみたい。

由衣はそう思いながら、空になったグラスをテーブルに戻す。

すると蓮が由衣の隣に座った。ソファが沈み、弾みで頭が蓮の肩に触れたが、由衣はそのままそこに凭《もた》れた。

蓮の手がそっと背中にまわる。二人はまたくっついたまま黙り込んだ。

由衣の頭の中は、まだ冷静に考えられるほど落ち着いてはいない。それでも、今はただただ蓮の体の温かさが心地よかった。

今日ほど蓮を頼りにしたことはなかった気がする。蓮がいなければ、今頃両親の目の前で泣き続けていただろう。

瞼《まぶた》がひりひりして痛い。自然と目を閉じると、また涙が滲《にじ》んできた。それと同時に力が抜けていく体を、蓮がそっと受け止めてくれる。

「寝るか？」

低い声に答えることも出来ない由衣を、蓮が抱き上げた。宙に浮くような感覚がしてもなお、由衣は目を開けることが出来ない。

蓮の胸に顔を埋《うず》め、蓮がこんなに力強い腕をしているなんて知らなかったと、由衣は考える。

大きなベッドの上に下ろされると急激な眠気に襲われ、由衣の意識はすでに薄れていた。

次に目が覚めた時、一瞬自分がどこにいるかわからなかった。薄暗い中、見上げた天井がいつもと違う。寝ているベッドの感触も、いつものものじゃない。

一瞬パニックになりかけたけれど、すぐに思い出した。

ああ、そうだ。家には帰らなかったんだ。

脳裏に浮かぶ、男たちの会話。その途端、また胸が苦しくなる。

瞬《まばた》きをして、ふっと息を吐いた時、視線を感じた。

頭を傾け横を向くと、すぐ隣で蓮が肘をついて頭を支えた体勢で、由衣をじっと見つめていた。

暗闇の中で二人の目が合う。

「……わたし、どのくらい眠ってた？」

「ほんの一時間程度だ」

蓮が低い声で答えた。

「蓮さんも寝たの？」

「いや」

言葉を交わす間も、蓮は由衣を見つめている。

「どうして見てるの？」

「見たいからだ」

蓮がきっぱりと答えたことに、由衣は一瞬戸惑う。

「そういえば、蓮さんと一緒に寝るのははじめてね」

由衣がそう言った時、蓮が一度だけ瞬《まばた》きした。

「……そう、だな。疲れてるんだから、もう少し寝ても良いぞ」

「もう眠くない。蓮さんは寝ないの？」

「今はまだ」

「そう」

暗闇の中にまた沈黙が生まれる。それでも、まだ蓮は由衣を見ていた。

「話でもするか？」

蓮の言葉に、由衣が頷く。

「あの男のこと、ショックだったな」

蓮が誰のことを指しているのか、由衣はすぐにわかった。

「蜂谷のおじさまは、子どもの頃から知ってるわ。お父さんとずっと仲が良かったと思っていたのに」

思い出すとまた涙が溢《あふ》れてくる。

蓮がそっと手を伸ばし、由衣の肩を優しく撫でた。その手は温かく、由衣を心から安心させる。

「人は変わるものだ。お父さんとあの男も、どこかで変わってしまったんだろう」

蓮が静かに言う。

たしかにそうだ。人との関係は、変わっていく。

由衣の立場が変わった時、まわりも変わった。そういうものだとわかっていても、由衣は納得出来ない。

「蓮さんは変わらないでいてね」

「俺はなにも変わらない」

すがるように言った由衣に、蓮がはっきりと答える。

由衣の知る限り、蓮は変わらないでいてくれた数少ない内の一人だ。

涙の滲《にじ》んだ目で見つめると、蓮は力強く頷く。

「俺は変わらないし、これからもずっと由衣の傍にいる」

「蓮さん……」

由衣の胸が熱くなる。思わず身を乗り出し、蓮の方へ近づくと、蓮も近づいた。お互いの腕が互いの背中に触れ、そして蓮の顔がさらに近づく。

由衣が自然と目を閉じたと同時に、唇に蓮のそれが重なった。軽くちゅっと音を立て、ゆっくりと離れる。

由衣がまた目を開けると、蓮の目がまっすぐに見つめていた。

「俺は由衣のことが好きだし、これからもずっと好きなままだ。由衣のことは、俺が守る」

ストレートな言葉だった。蓮らしい言葉だ。

「由衣は？　由衣は俺のことが好きか？」

いつも自信に溢《あふ》れている蓮の目に、少しだけ不安の色が浮かぶ。

蓮の口から出た言葉に、由衣は目を丸くした。これまでのことや今の状況を見ても、蓮から嫌われてはいないと思っていたけれど、面と向かって好きだと言われるとは思わなかった。

好きという言葉が、じんわりの由衣の心に広がっていく。

「由衣？」

「……わたしは」

ああ、そうだ。

わたしも蓮さんが好きだ。ずっと前から。きっと出会った頃から。

あえて考えなかったのは、言えなかったのは、自分に自信がなかったからだ。蓮に釣り合わないと、誰よりも思っていたのは、他ならぬ由衣本人だった。

だから、昔からあえて距離を置いていた。いつ蓮が離れてしまっても、自分が傷つかないように。

父親のことがあって、さらにその思いは強くなった。

だけど今、こんな風に蓮の気持ちがわかって、強張《こわば》っていた由衣の心が温かく溶けだした。蓮への思いが、次から次へと溢《あふ》れていく。

振り返ってみれば、蓮はいつも由衣の喜ぶことをしてくれた。いつだって、由衣のために動いてくれる。

「……好きよ。わたしも、蓮さんが好き」

由衣がそう答えると、蓮がホッとしたのがわかった。

「子どもの時から、ずっと好きだったと思う。釣り合わないと思っていたけど、蓮さんが婚約を解消しないでいてくれて本当に良かった……」

「するわけないだろ。結婚するのは由衣だとずっと前から決めていたんだから。釣り合わないとか、関係ない」

少し怒ったように言う蓮の気持ちが、由衣は嬉しかった。

「父のことがあって、きっと蓮さんは離れて行ってしまうと思ってた」

「ばかな。お父さんのことは気の毒だったが、それはなんの障害にもならない。俺は一度決めたことは必ず実行する。必ずだ」

蓮の言葉はどこまでも力強い。なによりもその表情がすべてを物語っていた。

「ありがとう、蓮さん。大好きよ」

由衣がはじめて口にした言葉だ。自分でも驚いたけれど、蓮に向けてそう言えたことに由衣は本当に嬉しくなる。

「由衣……」

蓮の顔がゆっくりと近づく。唇がまた触れ合ったと同時に由衣は目を閉じた。すると、重なった唇の隙間から蓮の舌がそっと入ってきた。誘われるがままに由衣も自分の舌を出し、甘く絡まるその感覚に心臓がドキドキする。

唇を吸われ、口の中を舐められると、そのぬめぬめとした感触に由衣の背筋がぞくぞくしてきた。のしかかる蓮の重さを感じながら、ベッドに沈んでいく。

怖いけど、その先が知りたい。

探求心が芽生えはじめるのと同時に、由衣は自分の体温がどんどん上がっていくように感じた。跳ねるような心臓の鼓動。突然息が出来なくなったみたいで、慌てて唇を離す。

はあはあと大きく呼吸をして、息を吸い込む。

「大丈夫か？」

心配そうな顔で蓮が言った。

「な、なんだか、変な感じなの。体が熱くて……どうしちゃったのかしら？」

うろたえる由衣を抱きしめ、蓮が耳元でささやく。

「大丈夫だ、俺に任せろ」

低い声が由衣の頭の中に直接響く。またぞくぞくして、思わず身をすくめた。

そんな由衣を抱きしめたまま、蓮は由衣の耳にキスをする。

「ひゃあ」

由衣の声にはお構いなしに、蓮は耳を舐め、舌を入れて中も舐めた。あまりにくすぐったくて、由衣は何度も身を捩《よじ》る。

また息が上がっていく。くすぐったさとは別の、これまで感じたことのない感覚。

「ああ……」

声が漏れた唇に、また蓮の唇が戻ってきた。

甘いキスは長い時間続いた。舌が絡まり、何度も吸われ、荒い呼吸が口の端から漏れる。心臓がまた跳ねるように動き、なんだか由衣の体の中も熱くなっている。

なにかがうずうずと疼《うず》いている。蓮と触れ合っている胸の先端が触ってもいないのにズキズキとしはじめた。どうしてこうなるのか、この先どうなるのか、知りたくてたまらない。

その一心で由衣は蓮にしがみつく。

唇が離れ、由衣がうっすらと目を開けると、すぐ目の前に蓮の顔があった。その目はなんだか赤く潤《うる》んでいる。それはきっと由衣も同じだろう。

「もっと触れてもいいか？」

やけに掠《かす》れた声で蓮が言った。

由衣に拒否する気持ちは欠片《かけら》もない。

由衣がゆっくりと頷くと、蓮は由衣の胸元に手を伸ばした。ボタンが一つずつ外される。その間も二人は見つめあっている。

白いシャツと黒いパンツが脱がされて下着姿になると、由衣は一瞬パニックになった。

「蓮さんっ、こ、こんなことしていいの？」

自分が口にした言葉なのに、どうしてこんなことを言ったのかわからない。

「俺たちは婚約してるんだぞ。良いに決まってる」

蓮はいつもみたいにきっぱりと告げた。昔から変わらないその口調に由衣は安心する。

そのまま由衣の下着を取り去り、あらわになった素肌の胸を蓮が見つめている。

「は、恥ずかしいわ」

由衣が戸惑うように言うと、蓮は起き上がって自分の服をてきぱきと脱ぎはじめた。すぐに上半身裸になる。

ベッドサイドのランプの明かりに照らされ、蓮の姿が光って見えた。その体は引き締まっていて、なんだか彫刻みたいだと由衣は思った。

自然と伸びた手のひらを広げ、裸の胸に触れる。蓮はじっとしたままそれを受け入れた。蓮の体は滑らかで、想像通り引き締まり、男らしい硬さがあった。

由衣はさわさわと触りながら、じっくりと観察した。

「……由衣、もういいか？」

どこか照れくさそうな蓮の声で我に返り、由衣はパッと手を離した。

「ご、ごめんなさい。でも、男の人の胸ってこんな感じなのね」

「ここでも勉強熱心だな」

蓮がにやりと笑った。

「なら全部教えてやる」

そう言って、由衣に覆いかぶさり、ぎゅっと抱きしめた。

また唇が重なる。キスはさっきよりも深い。搦《から》めとられた舌を強く吸われ、由衣の心臓の鼓動がさらに速くなる。

触れ合っている素肌は温かく少し湿っている。由衣の特別大きくも小さくもない胸が蓮の重みでつぶされていた。

すべてのことがはじめての感覚で、由衣の頭の中はパンクしそうだ。

またさっきみたいに、押しつぶされた胸の先がうずうずとしてくる。思わず身を捩《よじ》ると、それに気づいたのか、蓮の手が由衣の胸に触れた。

「んっ……」

塞《ふさ》がれた唇の隙間から声が漏れる。

蓮の手が由衣の胸をゆっくりと揉みはじめた。胸の先端が固く尖《とが》っているのが見なくてもわかる。

敏感になっているそこに蓮の指先が触れた。

「ああっ」

ぐりぐりと弄《いじ》られ、痺《しび》れるような快感が走った。反射的に体が跳ねるが、それを蓮に押さえられる。蓮はキスをやめると、由衣の首すじを舐め、鎖骨をたどって、そして胸の先を口に含んだ。

「えっ、そんなっ……ま、待って」

由衣は飛び起きそうになったけれど、また蓮に優しく押さえられた。

先端を吸われ、口の中で転がすように舐められる。

その痛いほどの快感に、由衣はただただ驚くしかなかった。

「あんっ……だ、だめ」

うわ言のような自分の声に含まれた甘さに、自分でも恥ずかしくなるけれど、声は止められない。

蓮さんにこんなことをされるなんて……

驚きと恥ずかしさと、感じたことのない気持ちよさで、由衣はいっぱいいっぱいになる。

その間も蓮は両方の胸を代わる代わる愛撫し続けた。いつまでも続く快楽に、今度は由衣の体の中心が熱くなってきた。

自分でも体を洗う時くらいしか触れたことがないそこが、なんとなく熱を帯びて湿っぽくなってきた気がする。無意識に太ももを擦り合わせていることに、由衣は自分でも気づかずにいた。

由衣の胸を吸いながら、蓮の手が下へと動く。そして由衣の下着に手をかけ、すっと脱がされた。

「やっ、いやっ……」

完全な裸の自分にまたパニックになったその時、蓮の手がそこに触れた。

「ああっ」

由衣の体が跳ねる。

蓮は胸から口を離し、今度は由衣の唇にちゅっとキスをした。

「大丈夫、任せろ」

そう言うと、下半身に触れている指をそっと動かす。

蓮の指がぬるぬると動いている。そっと、なにかをなぞるみたいに。

由衣はぎゅっと目を閉じ、蓮にしがみついたまま指が動く感覚を全身で感じていた。かすかに聞こえてくる水音。それが自分の体から出ていることにも驚きだった。

ああこうして受け入れるのかと、由衣は漠然と思った。

男女の営《いとな》みについて、基本的なことは教わっている。でも説明してくれたのはお年を召したシスターだったので、中身についてはかなり曖昧《あいまい》だった。

『殿方に身を委《ゆだ》ねるのです』

由衣が覚えているのはそれくらいだ。

たしかにこれは、身を委《ゆだ》ねるしかない。

由衣は目を閉じたまま蓮に抱き着き、絶えず与えられている快感に溺れる。

体の中心は今にも燃え上がりそうなくらい熱い。疼《うず》くようなその部分を蓮の指が撫でているだけなのに、淡い快感がずっと続いていた。

もっとしてほしい。

はしたないけれど、由衣はそう思った。

この先にもっと強いなにかがあるのかもしれない。

そんな期待に体が震える。

お腹の中がぎゅっとするような感覚。由衣は自分がすっかり濡れそぼっていることに気づいていた。蓮の手を挟むように、また太ももを擦り合わせる。

「はああ……」

吐息に含まれた甘さに触発されたのか、蓮の指が位置を変えた。

濡れた指が違う場所に触れた瞬間、まるで電気が走るみたいに、由衣の体がびくんと跳ねた。

「あんっ！」

驚くほど大きな声が出た。

それは由衣が今まで感じたことのない感覚だった。痛みと気持ち良さが交差し、心臓がバクバクする。

あまりにも強烈な快感に、由衣は足をばたつかせた。

「あんっ、待って、それ、それ、ああっっ」

由衣が喘《あえ》いでいる時も、蓮は黙って指を動かしていた。時々由衣の顔を確認して、そして唇にキスをする。差し込まれた舌を、由衣は夢中で吸った。

蓮の指はリズミカルに動き続ける。快感はそこから由衣の体中に広がっていく。

「あんっ、ああっ、だ、だめ。あ、あああっ」

じわじわと広がる気持ち良さに、由衣は意味のない声を出すしかなかった。徐々に上り詰めていく感覚に、また怖くなる。

「こ、怖いわ、蓮さんっっ」

「なにが？　どうだ？　気持ち良いか」

尋ねる蓮の声は冷静に聞こえたけれど、少し艶《つや》っぽい。

「き、気持ち良い……や、やだ。恥ずかしい……」

「いいんだ、そのままで。そのためにやっている。素直に言ってくれ」

由衣は蓮の言葉が理解出来なかったものの、うわ言のように気持ち良いと呟《つぶや》いていた。

蓮にしがみつき、由衣はまた目をぎゅっと閉じる。

ああ、もうだめ。

そう思った瞬間、快感が由衣の中を一気に駆け抜けていった。

「ああ!!」

体が自然と跳ね上がる。びくびくと震えながら、蓮の指をさらに濡らすけれど、由衣には止められない。

閉じた目の中にチカチカと光が走り、重なった口から唾液が溢《あふ》れる。なにも考えられないほど、由衣の体は痺《しび》れていた。

全力疾走をしたみたいに、心臓がバクバクしていた。汗が噴き出し、荒く呼吸をする。その間に、蓮は指をそっと離して、宥《なだ》めるように由衣の体を撫でていた。

蓮の首すじに顔を埋《うず》め、呼吸をするたび熱い息が自分にもかかるのを感じた。

「な、なんなの？　これ。わたし、おかしくなったわ」

「大丈夫か？」

「まだジンジンする。怖いわ」

「それが普通の反応だ」

蓮はそう言い、そっと体を起こした。由衣がうっすらと目を開けると、蓮が由衣を見下ろしていた。いつもよりも紅潮している顔を見るのははじめてだ。

蓮が由衣の頬を優しく撫でた。そのまま つつっと移動して、首から胸、お腹を撫でていく。そして、由衣の太ももに手をかけ、ゆっくりと足を広げた。

蓮の目がそこに釘付けになっているのを見て、由衣はまた恥ずかしさに襲われる。

「いやだ、見ないで」

閉じようとした足は、蓮によって阻止された。

「じっとして」

熱を含んだ声で蓮が言い、そこに指を当てた。そして、ゆっくりと指が中に入ってくる。

「あんっ……」

それは少しずつ出し入れを繰り返していて、そのたびにぴちゃぴちゃと音が聞こえてくる。

「は、恥ずかしいから」

由衣は思わず両手で顔を覆った。

時間をかけて何度も指を動かし、なんとも言えない感覚に由衣の心臓が爆《は》ぜそうになった時、ようやく蓮の指が離れた。

「すぐ戻る」

掠《かす》れた声が聞こえたかと思うと、蓮がベッドから離れた気配がした。がさがさと物音が聞こえるけれど、由衣は恥ずかしさのあまり手で顔を覆ったまま、目をぎゅっと瞑《つぶ》る。

しばらくして蓮が戻ってきた気配がした。隣に寝そべり、由衣の体を抱き寄せ、蓮は顔を覆っている由衣の手をゆっくりと除《の》けた。

由衣が目を開けると、目の前で蓮が微笑んでいた。

「ここからが本番だぞ」

「えっ……」

由衣が思わず絶句する様子を、蓮が面白そうに見ていた。

これ以上どうなるの？

戸惑う由衣に顔を近づけ、蓮の唇がまた合わさる。由衣は自然と口を開きそれを受け入れた。

重なった瞬間から舌が絡まる。由衣が無我夢中でキスに応《こた》えている間に、蓮は由衣の足の間に体を移動させた。

キスをしながら、由衣は足の間になにかが当たっていることに気がついた。熱くて硬そうな、なにかだ。

やがて蓮はキスをやめ、額《ひたい》を合わせてきた。由衣が目を開けると、少し苦しそうな表情の蓮の顔がある。

その時、なにかが由衣の中に押し入ってきた。

「え……」

由衣が目を見開く。体の中心が押し広げられる感覚に、体が上へ上へとずり上がりそうになる。

蓮がふうっと息を吐くのと同時に、由衣のそこに痛みが走った。

「……っ」

声にならない声が由衣の口から漏れる。

その声に気づいた蓮がキスで宥《なだ》めるけれど、痛みは強くなる一方だった。

「い、痛いわ、蓮さん。これ、合ってるの？　どうなってるの？」

半ばパニックになりながら由衣が言った。

知識がないわけではないけれど、こんなに痛いものなの？

すると目じりに溜まった涙を、蓮の唇が吸い取る。

「由衣ははじめてだから、仕方がないんだ」

蓮もまた辛そうに言いながら由衣の顔を撫でた。

「どうして？」

「どうしてって……」

蓮は困惑気な顔をしたあと、由衣の手を取って自分のそれに触れさせた。

それに触れた瞬間、由衣は一瞬ビクッとした。

熱くて筋張っていて硬くて、そして、なんだか太い。

それは由衣の想像と全く違っていた。覗《のぞ》き込めば見えそうだったけれど、それを見る勇気はまだない。

「え……これが……」

戸惑いつつもそれに触れ、触ったことのない感触にドキドキした。

「これが由衣の体の中に入るんだ。だから、最初はどうしても痛む」

蓮の説明に由衣も頷く。たしかに、こんなに大きいのならそうなるだろう。

世の中の男女はこんな親密なことをしているのか。いや、親密だからこそ、こんなことをするのだ。本当に好きな人じゃないと、すべてをさらけ出すなんて出来ない。

わたしと蓮さんは、気持ちが通じ合ったからこそ、こうして体を繋《つな》げるんだ。蓮さんとだから、こうするんだ――と、由衣は改めて思う。

好きな人に触れられるとこんな風になるんだとはじめての感覚に戸惑いつつも、この先がどうなるのか知りたくて仕方がなかった。

でも――

「本当に入るの？」

由衣が不安そうに言った。

「ゆっくりやってみる。由衣は出来るだけ体の力を抜いててくれ」

そう言われてみても、どうしたら良いのかわからない。

戸惑う由衣に、蓮が笑いかけた。

「俺に任せろ」

蓮はそう言うと、また由衣にキスをした。由衣の口の中に舌を差し入れながら、由衣の体に手を這わせる。胸を揉み、お腹を撫で、そして下半身に触れた。

「んっ……」

由衣の口からまた甘い声が漏れる。

蓮の指はさっきみたいに何度も割れ目をなぞる。新たな蜜が溢《あふ》れ出てくるのが由衣にもわかった。それをたっぷりと指に絡め、蓮は赤くふくらんだあの場所に触れる。

「あんっ」

ビクッと跳ねる体。

少し触れられただけなのに、痺《しび》れるような快感が走る。それがわかっているのだろう、蓮はそこを執拗《しつよう》に愛撫した。

「ああっ、ダメっ……」

唇を離し、蓮の首に腕を回してしがみつく。そうしないと、自分がどこかに飛んで行ってしまいそうだった。

痛いくらいの刺激を受け、由衣の体の中まで脈を打つように快感が走った。

びしょびしょに濡れたそこに、硬いものが当たる。由衣はまた痛みを感じたけれど、快感の方が上まわっていた。

自分から脚を開き、蓮を受け入れる。そこを少しずつ押し広げながら、蓮は慎重に抜き差しする。それがもどかしいような、怖いような、なんとも言えない感情が由衣の中に湧き上がる。

途中、骨が軋《きし》むような痛みがあった。それは紛《まぎ》れもない痛みだったけれど、蓮の愛撫も同時に行われていたから、由衣は自分が今なにを感じているのか混乱するほどだった。

痛いけど痛くない。怖いけどもっと欲しい。

蓮を求める気持ちが急速に湧いてくる。それを察したのか、蓮は強く腰を押し進めた。

「あ！　……くっ」

体の中で裂けるような痛みを感じた。まるで串刺しにされたみたいな衝撃に、由衣は蓮の背中に爪を立てた。

ぎゅっと閉じた目から涙が溢《あふ》れた。

ああ、これが破瓜《はか》の痛みというものか。

殿方に身を委《ゆだ》ねたところで、この痛みはなくならない。

世の中の女性はこんな苦行に耐えているのかと思うと、余計に涙が出てきた。

「由衣、大丈夫か？」

蓮が由衣の体を抱きしめ、涙をぬぐった。

「大丈夫じゃないわ。すごく痛い」

由衣は素直にそう言い、蓮にしがみつく。

「でも、蓮さんと繋《つな》がってるのはわかるわ」

由衣がそう言うと、蓮がその背中を優しく撫でた。

「ああ。繋《つな》がっている」

「これで終わりじゃないんでしょ？」

「残念ながら」

蓮はにやりと笑い、由衣の唇を奪うような強いキスをした。

今日何度キスをしただろう。つい数時間前にはじめてキスをしてから、こんなことになるなんて、由衣は思ってもいなかった。

差し込まれた舌に躊躇《ちゅうちょ》なく自分の舌を絡める。

キスをしながら、蓮の手は二人が繋《つな》がった場所に伸びていた。そしてまたあそこに触れる。どこよりも強い刺激を感じる場所。

蓮がそこに触れた途端、痛いほどの快感が走った。その刺激の強さで痛みが消える。体の中からさらに蜜が溢《あふ》れ、お互いの体を濡らしていく。

「んんっ……」

蓮の指はリズミカルに動き、そのたびに波のような気持ち良さを感じていた。

鼓動がまた速くなり、快感がせり上がってくる。同時に蓮がゆっくりと腰を動かした。引《ひ》き攣《つ》れるような痛みと快感が交互に襲う。

「うっ、ううっ……んんっ」

蓮に体を揺さぶられ、声にならない声を上げて由衣は蓮にしがみついた。汗で濡れた蓮の背中を手のひらで感じながら、由衣は痛みに耐える。

蓮はその間も愛撫を続けていたが、痛みを和《やわ》らげる動きの効果が徐々に出てきた。由衣が痛みに慣れたのか、蓮の愛撫が的確なのか、由衣には判断がつかない。ただ、痛みは少しずつ減り、快感だけが大きくなっていた。

「あんっ、ああ……」

由衣の声色が変わったことに蓮も気づいているようだった。

蓮は体を少し起こして、由衣の顔を撫でながら汗で張り付いた髪を除《の》けた。

「大丈夫か？」

「ちょっとだけ、痛くなくなったかも……」

頷きながら由衣が答えると、蓮もホッとしたようだった。

「そうか、良かった」

「でも、体の中がいっぱいで変な感じだわ」

由衣は素直に言った。

なんとも言えない、内側から圧迫されるような感覚。苦しいけれど、それだけじゃない、不思議な気持ちだった。

「痛いからか？」

「いいえ、痛みは消えたわけじゃないけど、もっと違うなにか……」

その言葉を受け、蓮は少しだけ腰を引いて、それからまたぐっと押し出した。

「あんっ」

反射的に出た声は、それまで以上に甘く聞こえた。

「もう、蓮さんの意地悪」

そんな由衣を見下ろし、蓮が笑った。

ちょっとだけ意地悪で、でも優しい笑顔。

由衣の好きな顔だ。

「蓮さんは痛くないの？」

「ああ」

「でも、時々辛そうな顔をしてるわ」

由衣は手を伸ばして、蓮の頬に触れた。

「痛みで辛いわけじゃない。きつくはあるけどな」

「そうなんだ……」

わたしはこんなに痛いのに、不公平なものなのね。

由衣が内心でそう思った時、蓮がまたにやりとした。

「随分余裕が出てきたな」

「そうね、慣れてきたのかも」

「……動いても良いか？」

由衣は一瞬戸惑ったけれど、頷いて答えた。

「良いわ……」

蓮が腰を動かした。すると、忘れていた痛みがすぐに現れる。

「んっ……」

由衣の苦しそうな声に、蓮が顔を覗《のぞ》き込む。

「痛いか？　もう少しだけ我慢してくれ」

蓮はそう言うと、由衣の体をぎゅっと抱きしめ、腰の動きをさらに速めた。

繋《つな》がった場所を何度も擦《こす》られるたびに、痛みとは違う感覚が訪れる。

それは直接的な快感とは違う、もっと漠然としたものだったけれど、確実に由衣を絶頂へ押し上げていた。

息が上がる。心臓がまたバクバクしてくる。

蓮の額《ひたい》が由衣の額《ひたい》に当たる。蓮の動きに合わせて体を揺らしながら、由衣は痛みの向こうにある快感へ手を伸ばそうとしていた。

蓮がまたキスをする。舌が絡まり、唾液が口の端から零れ落ちた。体の中を擦《こす》られ、体温がぐんぐん上がっていくような錯覚に陥《おちい》るほど体が熱くなる。

汗が噴き出し、愛液が溢《あふ》れ出し、二人の全身を濡らしていく。

「はっ……」

蓮の呼吸も、由衣に呼応するように速くなっていた。

ベッドのきしむ音、蓮の息遣い、由衣の声。合わさった場所から聞こえるくちゅくちゅという水音。

すべてが一つになって、二人を高まりに連れていく。

「くっ、由衣っ……」

苦しそうな蓮の声に、由衣はしがみつくことで応《こた》える。

由衣の中で広がっていた快感が集まり、一筋の光になる。それが由衣の全身を駆け抜けたのとほぼ同時に、蓮の体が細かく震えた。

由衣の中で、ビクビクとなにかが動いている。由衣の内側もまたドクドクと脈打ちながら、それを包んでいた。

蓮の体から力が抜け、ぐったりと倒れこむ。その重さに一瞬息が止まりそうになったけれど、すぐに蓮は由衣を抱きしめたまま体を横にした。

由衣は声も出なかった。ただ、ハアハアと荒い呼吸を繰り返すだけだ。ジンジンとしているのは、痛みなのか快楽の名残《なごり》なのか、わからないほどだった。

汗で濡れた体が少しひんやりするまで、黙ったまま抱き合う。

しばらくしてから、蓮がゆっくりと起き上がった。由衣の中から抜ける瞬間、また痛みが走る。

ズキズキする痛みは長くは続かなかったけれど、由衣は眉間にぎゅっとしわを寄せた。

「起きられるか？　由衣」

「……無理」

掠《かす》れた声で由衣は言った。体からすべての力が抜けたみたいで、指一本すら動かせない。

「このままだと風邪をひくぞ」

蓮は楽しげな声でそう言うと、裸のまま由衣の体を抱き上げた。

蓮に運ばれたのはバスルームだった。

足を下ろされたけれど、一人では立っていられない。蓮に凭《もた》れたまま、由衣は熱いシャワーを浴びた。

由衣とは対照的に、蓮はテキパキと由衣の体と自分の体を洗い、汗を流していく。

蓮にこんなことをしてもらうなんて……由衣はそう思いながら、器用な蓮に感心していた。そして、その体力にも。

「くたくただわ……」

呟《つぶや》くように由衣が言った。

「すまない」

「ううん……」

蓮さんが謝ることはなにもない。わたしが望んだんだ。

由衣はそう思い、顔を上げた。

「でも、こんな風だとは思わなかったわ」

「どんなだと？」

「それは……わからないけど」

少なくともあんなに快感が強いとは思わなかった。自分があんな声を上げるのも。

思い出した途端、顔が赤くなる。

恥ずかしくて顔を逸らした由衣の頬を、蓮が両手で優しく覆った。

「俺も、こんなだと思わなかった」

由衣の目を見つめ、ふっと笑う。

「どんな？」

蓮に倣《なら》って由衣が尋ねる。

「こんな風に、柔らかいなんて」

ささやくように言いながら、蓮がちゅっと音を立ててキスをし、由衣の体を抱きしめた。裸のまま抱き合うことが、こんなに心地いいものだと由衣は知らなかった。

蓮の背中に腕を回し、シャワーのお湯が流れる素肌を撫でる。

こんな親密なことを、蓮は他の誰かとしたのだろうか。

そんな考えが頭をよぎり、由衣はすぐに頭の隅に押しやった。

誰かと比べているのかなんて、尋ねるほど由衣は野暮じゃない。由衣にとって蓮だけなように、蓮にとっても今は由衣だけだ。

もしも蓮に他に好きな人が出来たのだとしたら、必ず正直に由衣に伝える。それが竜崎蓮という人間だ。

わたしだけの男だ。

由衣は顔を上げ、自分から唇を近づけた。蓮はそれを受け止め、腕に力を込めて引き寄せる。舌が絡まる音がシャワーの音にかき消される。荒くなる息遣いも、すべて。

蓮の手が由衣の体の上を彷徨《さまよ》う。撫でるような、愛撫するような、優しい動き。さっきの感覚が蘇《よみがえ》ってきて、由衣は小さく体を震わせる。

その手が由衣のお尻に触れた。優しく揉み、そして後ろからあの部分に触れる。

「っつ……」

ヒリつくような痛みが走り、思わず唇を離した。

「まだ痛むか？」

蓮が心配そうに言い、そこを優しく宥《なだ》めるように撫でる。

「しばらくは痛むが、少しずつ良くなるから」

蓮の言葉に頷きながら、由衣はまた目を閉じた。

しばらく黙ったまま抱き合い、シャワーを浴びる。体がすっきりとしたところで、蓮がお湯を止め、ふかふかのバスタオルで由衣の体を拭いてくれた。

そして備え付けのバスローブを着せると、さっきと同じように由衣を抱き上げた。

「重いでしょ？」

「今更だ」

楽し気な声で言いながら、蓮が歩き出す。連れていかれたのはさっきとは違う部屋だった。大きなベッドの横には大きな窓があり、カーテンの隙間から夜の闇が見える。蓮は由衣をベッドの上にゆっくりと下ろした。

さっぱりとした体に、きれいで少し冷たいシーツが心地いい。

いったい、いくつの部屋があるのかしら。

由衣は思いながら、目を閉じる。疲れが一気に押し寄せてきたのか、眠くなってきた。

蓮が隣に滑り込み、由衣を抱き寄せる。由衣もまた、自然に蓮の首筋に顔を埋《うず》めた。

「大丈夫か？」

「蓮さんったら。今日はずっとそればっかりよ」

「そうか……」

「大丈夫よ。今夜は、蓮さんと一緒にいられて本当に良かった。ありがとう、蓮さん」

由衣が心からの感謝を伝えると、蓮がぎゅっと抱きしめてくる。

蓮の体温が心地よい。そう思った時、急激に眠気に襲われた。

由衣は蓮に優しく撫でられているのを感じながら、すっと眠りに落ちていった。


蓮の身じろぎする気配でうっすらと目を開けた。部屋の中はすでに明るい。蓮が起き上がり、由衣を見下ろしていた。目が合うと少し笑い、由衣の頭を撫でる。

「先にシャワーを浴びてくる。もう少し寝てろ」

由衣が頷いたのを確認して、蓮はベッドから下りて部屋を出ていった。

閉じた扉を見つめてから、由衣は寝返りを打つ。

「いっ、痛い」

思わず声が出るくらい、体のあちこちが痛い。

体の中にまだなにかが入っていそうな……

そこまで考えた時、昨日の出来事を一気に思い出した。

ああそうだ。あまりにショックで家に帰れなかったんだ。それで蓮を頼った。そして蓮は、由衣の望むままに受け入れてくれた。

蓮とそういう関係を持ったことに後悔はない。

あの時、由衣に必要だったのは絶対的な信頼だった。裸を晒《さら》すなんて、余程信頼していなければ出来ないこと。それを叶えてくれるのは蓮ただ一人だ。

そして、蓮は完璧にそれに応《こた》えてくれた。

自分の体に残された気怠《けだる》さがそれを物語っている。

由衣はまた目を閉じて、ベッドに残った蓮の香りを嗅《か》いだ。

しばらくして扉が開いて蓮が入ってきた。すでに着替えていて、その手に紙袋を持っている。

「着替えが届いてる。由衣も入ってこい」

「まあ、ありがとう」

いつの間にと思いつつ、由衣はありがたく着替えを受け取る。

バスルームに入り、洗面所の大きな鏡に映った自分の姿を見て、由衣はギョッとした。

着乱れたバスローブ。髪の毛はぼさぼさで、泣き腫《は》らした目のまわりが真っ赤になっている。

「まあ、酷い恰好」

自分でも呆れながらバスローブを脱ぎ、自分の裸体を見てまた驚いた。

「えっ、なにこれ？」

鎖骨辺りからお腹の辺りまで、赤い痕があちこちにあった。

「これって……」

鏡をじっと見つめながら、これはキスによるものだと気づいた。蓮に触れられた感触が蘇《よみがえ》った途端、顔が赤くなる。

慌ててお風呂場に駆け込み、頭からシャワーを浴びた。昨夜も一度シャワーを浴びたけれど、体をさっと洗ってもらった程度だったので、髪と体をしっかりと洗い、備え付けのアメニティで化粧を落とした。動くたびにあちこちに痛みが走り、足の間がズキズキとしたが、慎重に泡を洗い落とし、ふかふかのタオルで全身を拭く。

蓮から受け取った紙袋の中には、新品の下着が入っていた。つけてみるとサイズもぴったりだ。いったいいつの間に用意したのか、蓮の手際の良さに感心するばかりだった。

紙袋の中には由衣が昨日着てきた私服も入っている。

「あ、ホテルの制服、熊田さんに返さないと」

あとで必ずやろうと心に決めて、洋服を着た。

ドライヤーで髪を乾かし、しっかりブラシで梳《す》く。化粧品は持ってきていなかったので、すっぴんのままだ。もともと化粧をしても大して変わらないのでいいだろうと考えた。

どこかすっきりとした表情の由衣が鏡に映っている。体は気怠《けだる》いけれど、頭の中もすっきりとしていた。

バスルームから出てリビングスペースに行くと、蓮がソファに座っていた。

「蓮さん、わたしが昨日着ていた制服はどこかしら？　熊田さんに返さないと」

由衣が声を掛けると、蓮がああと頷く。

「犬飼に預けてある。全部手配するように言ってあるから」

「まあ、ありがとう。あとでわたしからも犬飼さんにお礼を言うわ」

だとすれば、由衣の着替えも犬飼たちが用意したのだろうか。そう思うと恥ずかしい。

その考えが顔に出ていたのか、蓮がにやりと笑った。

「安心しろ。由衣の着替えを希望したのは俺だが、用意したのは犬飼の従姉《いとこ》だ」

つまり熊田さんだ。

安心したけれど、複雑な気分だった。職場放棄をしてしまったことの罪悪感はかなり大きい。後日改めて謝罪しようと、由衣は心の中で誓う。

「腹が減ったな。なにか食べて帰るか？」

時計を見ると、もうすぐお昼になるところだ。もうこんな時間なのかと由衣は驚いた。

「そうね。わたしもお腹が空いたわ」

「ここのホテルの中に良い店がある」

蓮はそう言うと、どこかに電話を掛けた。

その間に、由衣は自分の荷物をまとめる。昨夜蓮によって脱がされたはずの下着は、由衣のバッグの横に置いてあった。

これはやっぱり蓮さんかしら。

改めて恥ずかしく思いながら、着替えが入っていた紙袋の中に入れる。

「よし、行くか」

電話を終えた蓮の言葉に、由衣は頷く。

ホテルの部屋を出ると、蓮が由衣の手を取った。あまりにも自然な行動だったので、由衣はしばらくの間、蓮と手を繋《つな》いでいることに気がつかなかったほどだ。

蓮とともに向かったのは、ホテルの中にあるイタリアンレストランだった。店に入るなりすぐに個室に案内されたのは、前もって蓮が予約していたおかげだ。

蓮が言う通り、料理はどれも素晴らしく美味《おい》しかった。デザートにはふかふかのパンケーキが出てきた。生クリームがたっぷり載っていて、見るからに美味《おい》しそうだ。

「これが有名らしいぞ」

蓮が信じられないものを見るように言った。たしかに見た目のボリュームはすごい。

それなりにお腹は満たされていたけれど、ぺろりと食べきれるほど軽い食感で由衣は大満足だ。

それから、食後のコーヒーを飲みながら外を眺めた。高層階にあるレストランなので、眺望が良い。

「大丈夫か？」

ぼんやりと外を見ていた由衣に、蓮が声を掛けた。振り向くと、少し心配そうな蓮の顔。昨日から何度この表情を見ただろう。

「蓮さんったら、またそれ？　大丈夫よ」

由衣は笑ったけれど、蓮は真剣な顔だ。

「俺は後悔してないぞ」

「あら、わたしもよ」

すかさず答えた由衣に蓮が頷く。

「蜂谷のことは、俺が必ず解決すると約束する」

「蓮さん、ありがとう」

嬉しそうな由衣の言葉に、蓮も満足げに頷いた。

食事を終えたあと、蓮が運転する車で家まで送ってもらった。

運転する蓮を見る機会はあまりない。そっとその横顔を窺《うかが》いながら、由衣は一人頬を染めた。

体に残る気怠《けだる》さと鈍い痛みが、蓮との行為を思い起こさせる。

いつも冷静な蓮があんな顔をするなんて。自分があんな声を上げるなんて。

恥ずかしさと、蓮と親密になれた嬉しさが交差する。そのことに戸惑う一方で、由衣はとても幸せな気持ちにもなっていた。

だから由衣は、昨夜のことに一片の後悔もない。

そんなことを考えている間に、自宅のそばまで来ていた。蓮はマンションの近くの駐車場に車を止めた。

さっきまでの幸せな気持ちが緊張感に変わる。

「大丈夫か？」

車を降りた由衣に、蓮が尋ねる。

その言葉にはいろんな意味が含まれているようだ。

「大丈夫よ」

由衣はそう答えたけれど、両親の顔を見ることに緊張していた。蓮との外泊のこと、蜂谷のこと。それを考えると、自分がどんな顔をしていいのかわからない。

「由衣は何も心配しなくていい」

蓮はそう言い、そっと由衣の手を握った。その手の大きさと温もりが、由衣の緊張を少しずつほぐしてくれる。

二人は手を繋《つな》いでマンションに入り、由衣は緊張しながらインターホンを押した。

「おかえりー、由衣！」

由衣の想像の斜め上のテンションで母が迎えてくれた。

その様子に由衣の緊張感が一瞬消える。

「た、ただいま」

「すみません。連れまわしてしまって」

あっけにとられていた蓮も、気を取り直してそう言う。

「まあ蓮さんもお久しぶりね。どうぞどうぞ」

母親に明るく促《うなが》され、蓮も部屋の中に入った。リビングには、父が微妙な顔して座っている。母とは対照的だ。

「お久しぶりです。ご挨拶《あいさつ》が遅れてすみません。由衣さんを帰さず申し訳ありませんでした」

父の前に座った蓮がすっと頭を下げた。

「う……いや、こちらこそ……」

父も緊張しているのか、むにゃむにゃと言葉を濁《にご》す。

「外泊してごめんなさい」

蓮の隣に座り、由衣がそう言うと、父が一瞬目を見開き、何とも言えない顔になった。

「う、うむ……」

完全に言葉を失っている父に代わり、母が笑顔で話し出す。

「良いじゃないの。若い二人なんだもの。帰りたくない時だってあるわよねえ。わたしだって昔は……」

「お、おい」

父が焦ったように言葉を遮《さえぎ》る。母はどこまでも楽しげだ。謎のテンションに、由衣もどう反応したら良いのかわからない。

「あら……婚約してるんだもの。謝ることはないわ。それに、由衣のことを真剣に考えてくださっているんでしょ？」

口調は穏やかだけど、母の目は怖い。

「もちろんです」

すかさず答えた蓮に、母は満足げに頷いた。

「あ、お茶を出すのを忘れてたわ。美味《おい》しいお菓子もあるのよ。由衣も手伝って」

「はい」

母に続いて立ち上がり、キッチンに入る。

リビングに残された男二人は気まずいながらも話をはじめていた。

「このたびは大変でしたね」

「ああ。蓮くんにも迷惑をかけたね。まったく、不甲斐ないよ」

父が申し訳なさそうに頭をかいた。

「すべては自分が蒔《ま》いた種だ。家族にも迷惑をかけたが、生活はだいぶ持ち直してるんだよ。今の仕事も順調なんだ。これ以上、迷惑をかけることはしないよ」

「それは疑っていません。元々、鷹野さんに落ち度はなかったと考えています」

「ありがとう」

由衣は二人の会話を聞きながら、なんとも言えない気持ちになる。最初に話を聞いて以来、父の口から事件の一片すら語られることはなかった。今もそれは一貫している。でも、父は真実を知っていたのだ。

その気持ちを思うとやるせなかった。親友の裏切りを、父はどう感じたんだろうか。

最初から父を信用していた蓮の言葉は、傷つけられた父と由衣の気持ちを癒《いや》してくれるように思えた。

17

由衣を送った蓮は、車に乗り込むなりホッと息を吐いた。さすがに由衣の父親の顔を見るのは度胸が要った。彼は責めなかったけれど、蓮を見て複雑な顔をしたことはたしかだ。

婚約しているとはいえ……

まあ、親からすれば複雑な気持ちだろう。

由衣の母にも聞かれたが、責任はしっかり取るので許してもらおう。

ハンドルを握り直し、エンジンをかけて車を発進させた。自分で車を運転することはあまりなく、由衣を乗せている時は緊張したので、今はいろいろな意味でホッとしている。

自宅のマンションの駐車場に車を止めて中に入った。

蓮の部屋は2LDK。一人暮らしにしては広めの部屋だ。最上階の角部屋で展望は申し分ないけれど、ほどんど外を見ることはない。

リビングのソファにカバンを投げるように置き、スーツを脱いだ。着替えてから改めてスマートフォンをチェックすると、側近らから連絡が来ていた。溜まっている仕事を週末の間に家でやれとの指示だ。

「言われなくてもやるさ」

蓮は顔をしかめ、仕事部屋にしている玄関横の部屋に入ってパソコンを立ち上げると、会社のサーバーに繋《つな》いだ。

キーボードを操作しながら、ふと昨夜のことを思い出した。

泣きつかれて眠ってしまった由衣の顔は少し青ざめていた。はじめて見る眠り顔が悲しい顔だったことは残念だ。

由衣が眠っている間、蓮はその類に触れた。

学生の頃と比べ、少し細くなったような気がした。

働くというのは大変だ。それなりの準備を経て社会に出るのとは違い、由衣はいきなり放り出されるように働くことになった。弱音を吐くタイプではないが、相当苦労したのだろう。それを思うと蓮の胸も苦しくなる。

そのすべての元凶が蜂谷だったことが由衣を余計に苦しめている状況も、腹立たしい。

少し開いた唇から寝息が漏れていた。少し腫《は》れた唇の赤さが、まだ脳裏に残っている。蓮が強引に口づけた痕だ。

蓮は蓮なりにいろいろと考えていた。由衣とはじめてキスをする時は……など、女子並みに妄想していたのだ。想像していたのはもっとロマンティックなシチュエーションで、決して怒りに任せて、暗がりに連れ込むことではない。

キスだけで我を忘れると思わなかったのだ。あんな風にがむしゃらに貪《むさぼ》るようなキスをしてしまうなんて。しかも由衣を相手に。

いや、由衣だからかもしれない。由衣を前にしてしまえば、すべてが吹き飛んでしまう。

結局、そのまま一夜を共にすることになるとは、本当に想定外だった。いつかはとは考えていたけれど、そのタイミングは昨日では決してなかった。

今でも体中が由衣の感触を覚えている。その柔らかさも匂いも、透き通るような肌の白さも。普段聞いたこともない甘い喘《あえ》ぎ声も、耳の奥に残っていた。

寝顔も寝乱れた姿も、しっかりと目に焼き付けている。堪《こら》えきれなくて、由衣が寝ている間も白い肌にいくつも痕を残した。

それなりの経験はあったけれど、過去がすべて吹き飛ぶほど、蓮には特別な体験だった。

手のひらに残る柔らかな肌の感触を思い出そうとすると、体温が上がっていく気がする。

「これ以上はやめとけ」

頭の中に浮かんだ由衣の姿をなんとか消し去る。

自分が由衣を穢《けが》してどうする。

蓮は改めてパソコンに向き直り、溜まっている仕事を進める。蓮もまだ評価されている最中だ。跡取りとはいえ、努力はしなければいけない。竜崎は血筋だけでなにもかもが許されるような企業ではなかった。

一刻も早く由衣と結婚したい。

蓮の頭の中はそれでいっぱいだった。

そのためには蓮が一人前として認められないといけないし、なによりも早急にこの事件を解決しなければいけない。由衣にも必ずそうすると約束したのだ。そのための努力は惜しまないつもりだった。

蓮はともすればちらつく由衣の体を理性で頭の片隅に押しやり、週末の間は仕事に没頭した。

月曜日の朝、蓮はいつもの時間に迎えに来た車に乗り込んだ。鹿野内の顔が若干にやついていたけれど、無視をする。

オフィスに入り、蓮が机に向かうなり、犬飼が書類を目の前に置いた。

「頼まれていたものです。週末だったのでわかる範囲で、ですが」

蓮は頷いて書類を取り上げた。

あの時、ホテルの部屋に荷物を持ってきた犬飼たちに一連の事情を話し、蜂谷についてわかることを報告するように指示していたのだ。

「さすが、仕事が速いな」

蓮は報告書を頭からざっと読みこむ。そこには蜂谷の経歴が書かれていた。

蜂谷は由衣の父親と大学の同級生だった。二人は特別に仲が良かったわけではなさそうだ。卒業と同時に二人はいったん別々の会社にそれぞれ就職する。数年後、由衣の父親がホークシステムを立ち上げ、後に蜂谷も合流した。以来、二人で経営してきたらしい。

蜂谷の前職は商社の営業マンだ。だが、入社して三か月ほどで退職している。ホークシステムに入るまでは無職だったようだ。

二人の性格は正反対で、人当たりが良く穏やかな由衣の父親に対し、蜂谷は神経質で他人に厳しい。その分、ＩＴの技術は大変優秀で、一目置かれていたようだ。

なるほど、営業向きの性格ではなかったから、前職が続かなかったわけか。

由衣の父は経営肌、蜂谷は技術肌。そんな二人だったから、長く続いたのだろう。

蜂谷は一度結婚しているが、三年ほどで離婚している。子どもはいない。それ以来独身で、一人悠々自適に暮らしているとのことだ。

「借金はあるのか？」

「その辺りはこれから」

犬飼の返事に蓮は頷き、書類を置いた。

「往々にして、こういう事柄には必ず金が絡んでいるはずだ。あと、あの男の身元も追ってくれ」

今ここで蜂谷を問い詰めたところで、なんの証拠もない。

盗み聞きした会話の断片だけだ。そんなものが根拠にならないことは蓮もわかっていた。具体的な証拠を積み上げていくしかない。そして一番必要なのは、防犯カメラに細工したという証拠だった。

「外から調べるには限界があるな」

蓮が言うと、犬飼も頷いた。

「内部に詳しい人間が、お知り合いにいませんか？」

犬飼に尋ねられたけれど、蓮は首を傾げる。

「いるにはいるが、役員クラスだからなにか話すとは思えない」

「あ、だったら俺に任せてよ」

蓮が苦い顔をしたその時、鹿野内が明るい声で言った。

犬飼と二人で彼を見る。

「なにか当てがあるのか？」

「まあね」

「誰だよ？」

「実はさ……昨日の合コンでホークシステムの総務の子と知り合ったんだよ」

「……昨日……合コン」

蓮と犬飼がジトッとした目で鹿野内を見た。

「まー、待てって」

鹿野内が慌てたように手を振る。

「ホークシステムの子が来るって聞いたから、なにか手掛かりが掴《つか》めるかもって思ったんだよ」

「なるほど。で、なにが掴《つか》めたんだ？」

蓮が冷たい声で言った。

「いや、楽しく会話しただけで終わった」

「よし、犬飼、やって良いぞ」

「待て待て待て。犬飼さん、怖い顔やめて」

鹿野内が手を前に突き出して後ずさる。

「連絡先はちゃんと交換してきた。だから俺が行って、聞いてくるよ。総務だからいろいろ知ってそうだし」

蓮と犬飼は顔を見合わせる。

総務の一般社員になにがわかると言うのか。

「……お前だけじゃ不安だから、一緒に行く」

蓮がそう言うと、鹿野内が不本意そうに頷いた。

「とりあえず俺は蜂谷を訪ねてみる。この前のパーティーの礼だとか言えば、会って話すくらいはするだろう。いなければ他の役員でもいい。社長室の防犯カメラの位置も確認したいからな。お前はその間に、その子からなにか探れるか聞いてくれ」

「なるほどね、了解」

全員が納得したところで通常の仕事に戻り、数時間後に蓮はホークシステムに行く日程を決めた。

由衣にも声を掛けようかと思ったけれど、さすがに向こうの会社に連れていくわけにはいかないし、今はこれ以上のショックを与えたくないこともあり、今回は自分たちだけで行くことにした。

数日後の昼時、蓮はホークシステムのビルの前に立っていた。あらかじめ連絡はしていない。あくまでもたまたま立ち寄った体《てい》だ。

受付で犬飼が来訪を告げている間、鹿野内は例の女の子と待ち合わせてランチに向かった。女の子と並んでウキウキと歩く鹿野内の後ろ姿を、蓮は若干冷ややかに見つめる。

なんだか、利用されているだけの気もするが……

「蜂谷社長は外出中とのことです。副社長がお会いすると」

犬飼がそう言い、蓮は鹿野内から視線を逸らして頷いた。

まあ、今は面と向かって会う必要はないか。

頭の中で考えながら、案内人の後に続いて歩き出す。

ホークシステムの役員室はビルの最上階にあった。エレベーターの扉が開くと、そこに数人の男たちが待ち構えていた。

「竜崎さん、先日はパーティーにご出席いただきありがとうございました。このたびはわざわざ……社長が留守で申し訳ありません」

先に口を開いたのは、たしか新副社長だ。その他にも蓮と面識がある役員たちが揃っている。男たちは一様に焦っているようだった。

それもそのはず。蓮は竜崎グループの御曹司であり、そして、自分たちが追い出した前社長の娘の婚約者でもある。

だが会社としての繋《つな》がりが切れているわけではない。だからこそ、パーティーにも招待された。

「いや。こちらこそ突然で申し訳ない。近くまで来たから立ち寄らせてもらっただけです。この前のパーティーの礼もお伝えしたかったし……」

蓮はそう言いながらエレベーターホールを見渡した。防犯カメラの位置を確認する。扉が映る角度に二つ、真ん中の天井に一つ。

副社長に案内されながら通路を歩き、社長室まで向かう間もカメラの位置をチェックした。等間隔に設置されている他、それぞれのドアを映すように置かれている。

怪しいところはないな。

社長室は応接室も兼ねていたので、蓮には都合が良かった。

以前来た時より、いささか乱雑に見える社長の机の上には書類が溜まっている。

部屋の中を見回したけれど、入り口を映すカメラがあった以外、部屋の中には一台も見当たらない。

たしか、社長室のカメラに犯行が映っていたと言っていたはず。

すでに撤去したあとか。

「社長室に防犯カメラがあると伺いましたが？」

蓮は思い切ってズバリと聞いた。

副社長らは一瞬目を見開いて動揺を表したものの、慌てて答えた。

「カメラの存在はわたくし共も知らなかったことで……。今はもう撤去したと、蜂谷社長は申しておりましたが」

役員たちは蓮がなにを言っているのかすぐに察したようだ。そもそも、蓮が来た時点で、そのことを聞かれると予測していたかもしれない。彼らの言い分は、薄々は気づいているけれど、自分たちは関わっていないといったところだろうか。

蓮はそれ以上はなにも言わず、当たり障りのない会話を少ししてホークシステムを後にした。

「蜂谷の単独だろうな」

車に乗り込み、蓮は言った。

「カメラのデータの改ざんは、多少の知識がある者なら誰でも出来るだろうが、社長室にカメラをつけたり外したりすることは、そうそう出来るものじゃない。あからさますぎて逆に解せないな」

「多分他にも協力者がいたんでしょうね。彼に賛同して、前社長を排除したかった誰かが。まあもう表には出てこないでしょうけど」

犬飼の言葉に頷き、蓮は座席に深く座って腕を組んだ。

由衣の父親が会社を追われ、役員が一新して、さらに業績が悪化しはじめた時に、上層部の何人かが辞めている。犬飼が言う通り、蜂谷に加担した者がいたのだろう。だが、風向きが変わって早々に逃げ出した可能性が高そうだ。

蓮は苦々しく思いながら舌打ちした。

「腹が立つが、鹿野内に期待するしかないな」

犬飼が近くの駐車場まで車を走らせた約三十分後、鹿野内が合流した。

「いやー。可愛い女の子と食べるご飯って美味《おい》しいなあ」

やけにハイテンションな様子に、蓮と犬飼がまた冷めた目で見つめる。

「で？」

蓮の低い声を気にすることなく、鹿野内は上機嫌で答えた。

「良い話が聞けたよ。あの一連の事件が起こる少し前、社長室があるフロアの壁を修理するよう、前の副社長から総務に指示があったそうだ」

「蜂谷か？」

蓮が尋ねると、鹿野内が頷いた。

「そう。総務の人間が見に行ってみると、たしかに通路の壁紙が何か所か剥《は》がれていたそうだ。理由はわからなかったけど、応接室も兼ねているから、早急に直そうということになって建設会社に依頼した。それが池貝建設らしい」

「池貝？」

蓮の眉が上がる。

「そう。元々取引があったそうだ。壁の修理は池貝建設が行ったけれど、同時に壁の内部の配線工事も必要になった。これはそこの下請け会社が請け負ったそうだ」

「その下請け業者の名前は？」

蓮の質問に鹿野内はニヤリと笑い、スーツの胸ポケットから小さなメモを取り出した。

18

蓮から連絡をもらった時、由衣はまだ仕事中だった。すぐにチェック出来なかったのは、仕事が忙しかったことも当然あるけれど、恥ずかしかったからだと本人も自覚している。

週末、きっと泣いて過ごすことになるだろうと由衣は思っていた。

ところがどっこい、思い出すのは蓮のことばかりで、由衣は週末の間中《あいだじゅう》、ずっと顔を赤くしていたのだ。

体のあちこちに夜の名残《なごり》が残っていた。それは痛みだったり、痣《あざ》だったり、感触だったり、匂いだったり。

気がつくとそのことばかりが頭の中を占領して、悲しいどころではまったくなかった。

当然のことながら経験などなかったけれど、蓮がとびきり優しく扱ってくれたことは、なんとなくわかっていた。骨が軋《きし》むような痛みの名残《なごり》以上に蓮の優しい手の動きを体中が覚えている。

男女の営《いとな》みについては学院でも教わったし、由衣もそこまで世間知らずではないので、どういうものかも一応は知っていた。

でも……あんな風になるなんて。

なんとも表現出来ないあの感覚を思い出し、由衣は知らずに体を震わせた。

「嫌だわ、はしたない」

今仕事中であることを思い出し、思わず呟《つぶや》いた。

慌ててまわりを見回したけれど、運よく倉庫にいたので、誰にも百面相を見られずにすんだ。

あの夜から、蓮からまったく連絡がなかったわけではない。毎日の定期連絡はあったし、大丈夫かと気遣うような連絡も来た。

メッセージだけならなんでもない風に返事が出来るけれど、まだ蓮の顔を真っ正面から見つめることは難しそうだ。

けれど蓮からの連絡を見て、逃げている場合じゃないことを思い出す。

仕事の区切りがついてから、蓮に連絡を入れた。返事はすぐに来て、事件の件で会って話がしたいとのことだった。

そうとなれば恥ずかしいなど言っていられない。

いや、恥ずかしいことには変わらないけど、なるべく普通の顔をしよう。

そう心に決めて、仕事が終わったら蓮のオフィスに行くと連絡を送った。


仕事を終え、急いで駅に向かう。蓮のオフィスまでは電車で三つ。蓮は迎えを寄こすと言ってくれたけれど断った。竜崎の本社ビルも駅の近くにあるので、わざわざ迎えに来てもらうほど不便ではない。

ビルに入ると、警備の男性がすぐに奥のエレベーターに案内してくれた。最近ここに来ることが多いので、すっかり顔パスになってしまった。

エレベーターに乗って蓮のオフィスのあるフロアで降りる。終業時間後なので通路は薄暗かった。歩き出すと同時に通路の奥の扉が開き、犬飼が顔を出す。

「由衣さん。お疲れ様です。わざわざ申し訳ありません」

「犬飼さんもお疲れ様です。こちらこそすみません」

元はと言えば、すべて由衣の家の事情なのだ。

部屋に入ると、正面の机に蓮が座っていた。ノートパソコンの横には書類が山積みになっている。

「こんばんは、蓮さん」

由衣が声を掛けると、蓮が顔を上げた。目が合った瞬間、由衣の心臓がドキンと大きく鳴った気がした。一瞬であの夜が蘇《よみがえ》る。由衣はとっさに目を逸らし、赤くなった頬を隠した。

「すまない。少し待ってくれ」

蓮に言われ、由衣はドキドキしながらソファに座った。そっと盗み見ると、蓮はパソコンのモニターを見つめている。

海外出張から戻ってきて、蓮の仕事も詰まっているはずだ。その合間を縫って父の事件を追ってくれている。彼に負担を掛けていることはわかっていた。いつも颯爽《さっそう》としている蓮だけど、今は少し疲れているようだ。

そんな蓮を見つめていると、由衣も自分がとても疲れていることに気づいた。思い起こせば、今日は朝から力仕事が多かった。一日中動きっぱなしで、足が棒のようだ。

もしも父のことがなかったら――そう考える時もある。

わたしは今頃大学院で、楽しく勉強していただろうか。

はあっと大きくため息をついた時、蓮が自分を見つめていることに気づいた。その気遣うような表情に、由衣はしまったと思った。

これ以上心配をかけるわけにはいかないのに。

表情を改めようとしたその時、鹿野内が蓮のノートパソコンをパタンと閉めた。

「どうせ頭に入らないんだろ。後でいいよ」

呆れたような言い方に蓮は頷き、書類を持って立ち上がった。そして由衣の前に座る。

「大丈夫なの？」

「ああ」

蓮はそう言い、由衣の前に書類の束を置いた。その上には一枚の写真が載っている。

「これは……」

呟《つぶや》きながらその写真を手に取った。

写っているのは一人の男性。少し強面《こわもて》なその風貌には見覚えがあった。

「……あ」

由衣は目を見開く。

「あの男か？」

蓮が確認するように尋ねると、由衣は頷いた。

「確信は出来ないけど、すごく似てるわ。この人は誰なの？」

由衣がそう言うと、蓮は書類を指さした。由衣はそれに目を走らせる。

男の名前は海老沢順一《えびさわじゅんいち》。海老沢電機という会社の社長であり、ただ一人の社員だ。海老沢電機は池貝建設の下請け会社で、現在の経営状態はあまり思わしくないと記載されていた。

「どういうこと？」

戸惑う由衣に、蓮が説明をはじめた。

「由衣のお父さんの事件が起こる前、副社長の蜂谷は社内の改修工事を池貝建設に依頼した。修理場所は社長室のあるフロアだ。その延長で、社長室の中も電気工事が行われたようだ」

「工事……」

「その工事を行ったのが、この男だ」

由衣はもう一度写真を見た。鋭い眼光の強面《こわもて》な男。彼が資金繰りに困っていたのは明らかのようだ。

「つまり、蜂谷のおじさまは、わざと壁を壊して、自分の息のかかった修理業者を社内に入れたってこと？　お金を払う見返りに」

「多分そうだろうな。俺はその男が実行犯だと思っている。海老沢は蜂谷の指示通り、改修工事に紛《まぎ》れてカメラを取り付けた。フロアの一部分の電源を落としてしまえば、既存の防犯カメラにはそのシーンは映らないから証拠も残らない。専門家だからこそ、出来ることだな」

蓮の言葉に由衣も頷く。

「その通りだわ。でも、こんな周到に用意していたなんて……」

蜂谷の顔を思い浮かべ、由衣の胸が苦しくなった。

父とずっと仲の良い友達だと思っていたのに、いつから歯車が狂ってしまったのか。何十年もの歳月が友情をなにに変えたのか。

それは由衣にも蓮にもわからない。

「どうするの？」

「この男に会いに行ってみようと思う。犬飼たちとも話し合ったが、一度会って話さないことには、前に進まないからな。うまくいけば、なにか証拠を渡してくれるかもしれない」

「わたしも行きたいわ」

「だめだ」

「どうして？」

「どうしてって、危険だからに決まってるだろ」

「それなら蓮さんだって危険だわ」

「一人で行くわけじゃない。もちろん犬飼たちも一緒だ。警護は鹿野内が請け負ってくれる」

鹿野内が武道の有段者ということは由衣も知っていた。

「なら、わたしが一緒でもいいじゃない」

「だめだ」

蓮の態度は取り付く島もない。

「前みたいに変装して、わたしだとばれないようにする。だからお願い」

由衣は胸の前で手を組んで蓮を見上げた。ぎゅっと眉を寄せ、蓮を見つめると、彼が根負けしたように肩を落とした。

「……絶対に危ないことはしないと約束するなら」

「もちろん約束するわ！　ありがとう、蓮さん」

由衣はパッと笑顔になった。思いがけない事態の進展に一日の疲れが吹き飛ぶ。

その後、四人で話し合い、まずは由衣の有休がいつ取れるかが課題になった。当然ながらアポイントを取って行くわけではない。逃げられる可能性もあるので、蓮たちはいきなり乗り込むつもりのようだ。となると平日の昼間が望ましい。

翌日、由衣の半日有休の申請が通ったので、その日に実行することが決まった。

そして当日の午後、迎えに来てくれた車の中で軽く打ち合わせをし、由衣は犬飼らが用意してくれたメガネとカツラをつけた。蓮の側近の一人として同行することになったので、今日はスーツを着て来た。

貸してもらった鏡で髪を整えて蓮に見せる。カツラはいわゆるおかっぱで、なんだか変な感じだ。

「どう？　変じゃない？」

由衣がそう言うと、蓮はじっと見つめてから手を伸ばし、毛先を払うように撫でた。

「その髪型も似合うな」

「そ、そう？」

うっすらと微笑んでいる蓮を見て、由衣は突然恥ずかしくなってきた。そんな由衣に構うことなく、蓮は由衣の手を握り、ゆったりとシートに座っている。

由衣が一人ドキドキしている間に、車は目的地に着いた。先に張り込んでいた鹿野内によって、相手がそこにいることは確認済みだ。

犬飼が近くの駐車場に車を止め、近くにいた鹿野内と落ち合った。由衣は男たちの後ろから事務所を見る。

資料の中にも書いてあったけれど、海老沢電機は小さな会社だ。事務所の敷地は三坪あるかないか。中を窺《うかが》うと、雑多な机と工具が置かれた棚くらいしかない。

閉鎖空間でもないし、車通りもそこそこある道路沿いなので、危険なことはないだろうと蓮たちは踏んでいるようだった。

「蓮さん、気をつけてね」

由衣がそっと声を掛けると、蓮は黙ったまま頷いた。

由衣は自分のカツラとメガネをもう一度整えて、さらにマスクもつけて蓮の後に続く。

蓮が事務所の引き戸をガラッと開けた。

「どなた？」

事務所の奥で椅子に座っていた作業着姿の海老沢が、驚いたように立ち上がる。

「海老沢さん？　竜崎と申します」

蓮が名刺を差し出すと、受け取った海老沢がそれを見て目を見開いた。

「……竜崎グループ⁉」

海老沢は驚いたまま声を詰まらせ、目を丸くして蓮と後ろに控えている由衣たちを見た。

「あなたが施工したホークシステムの工事について、お聞きしたいのですが？」

「……ホークシステムの工事」

蓮は、まだ目を見開いたままの海老沢にはっきりと告げた。

「あなたが当時の副社長に頼まれ、社長室に仕掛けた防犯カメラの件です」

蓮の言葉を理解した海老沢が、さらに驚いた顔をして蓮を見る。

「ど、どうして……」

「どうしてそれを知ったのかはさておき、我々はすべてを把握しています」

蓮の口調は穏やかだった。穏やかすぎて、由衣は余計にハラハラする。いったい蓮はどうやって話をつけるつもりなのか。会う流れまでは聞いていたけれど、話す内容についてはまったく知らないことに由衣は思い至った。

海老沢がハッと目を見開き、そして睨《にら》みを利かせる。

「なにが目的だ？　脅《おど》すつもりか⁉　あいつの差し金かよっ」

あいつが蜂谷を指しているのは、由衣にもわかった。

蜂谷は、まだ彼に報酬を払っていないようだ。そして海老沢は、多分裏切られたと思っている。

写真で見た印象とは違い、戸惑いうろたえる海老沢とは対照的に、蓮は落ち着いたまま言った。

「我々は、その方とは関係ありません。表沙汰にしたくないのはお互い様と今は言っておきましょう。然《しか》るべきところで、この件について証言をしていただけるなら、こちらにはそれ相応の用意があります」

「……なんだって？」

蓮の言葉に海老沢の頭は混乱したようだ。同じように、由衣の頭の中も混乱していた。

なんの用意？　それってもしかして……でもそんな話、まったく聞いていない。

「それ相応のお礼と言った方がわかりやすいでしょう。証言、または証拠をこちらに渡していただけるのなら」

蓮が繰り返す。

「それは、金ということか？」

海老沢が息を呑むのがわかった。

「もちろんそうです。金額については要相談ですが」

蓮がそう言うと、海老沢は押し黙った。

その時、由衣は背筋が凍りそうな寒気に襲われていた。

考えればわかることだった。お金で事件の片棒を担いだ相手だ。解決の手段もまた、お金になることは必然だろう。

なにより今、彼が一番欲しいものはそれだ。

だからって……

由衣は思わず一歩踏み出していた。

「だめよ！　蓮さん！」

急に前に出た由衣に、蓮も海老沢も驚いた顔をした。

「ゆ、……下がってろ」

蓮が慌てて言い、後ろにいた犬飼らも由衣に手を伸ばそうとする。

「お金を払うなんて絶対にだめよ！　そんなことをしたら……」

もしもこれが明るみに出たら、蓮の立場が危うくなってしまう。蓮が事業を継ぐため、どれほどの努力をしてきたか、由衣は知っていた。蓮にはそんな風になってほしくない。由衣はその一心で、蓮と海老沢の間に割って入る。

「由衣、来るな！」

驚いた蓮がそう叫んだ時、ガシャンと音がした。見ると、海老沢がパニックになったような表情で工具を握り締めていた。

「やっぱり嘘なんだろ。騙《だま》したな!?」

その形相に、由衣は自分が失敗したことを悟った。

どうしよう。

そう思った時、蓮が由衣の肩を抱き、自分の方へ引き寄せた。

「落ち着け」

蓮が海老沢に言ったけれど、彼の耳には届いていない。

「あいつの手先なんだろ！　俺を消しに来たんだな!!」

海老沢がそう言い、手にしていた工具を由衣めがけてがむしゃらに投げつけた。

「きゃあっ」

由衣が目を瞑《つぶ》り、体を縮めたその時――

「危ない！」

蓮がさっと動いて由衣の前に出た。

「うっ」

蓮のうめき声が間近で聞こえた。由衣が咄嗟《とっさ》に見ると、蓮の手の甲から血が流れていた。頭の中が一瞬で真っ白になる。

「蓮さん!!」

悲鳴のような声で叫んだと同時にバタバタと音がした。飛び出してきた鹿野内が海老沢の腕を後ろ手にまわし、机に押さえつけている。

「蓮さん、大丈夫ですか？」

犬飼の声に蓮が頷く。

「かすり傷だ」

蓮の言葉にホッとしながらも、由衣は蓮にしがみつき、血の流れる手に自分の手を重ねた。ぬるっとした感覚に、自分自身も青ざめていくのがわかる。

体の震えが止まらない。

わたしのせいだ。わたしが……蓮さんを傷つけた。

ハラハラと涙が流れてきた。

するると、蓮は傷ついていない方の手で由衣の体を抱きよせた。

「あとはこちらで処理をします。蓮さんは由衣さんを連れて離れてください」

「わかった。あとは頼んだ」

由衣は蓮に促《うなが》されるように歩き出した。野次馬が集まる前に駐車場に行き、車に乗り込む。由衣を助手席に座らせ、蓮はすぐに車を発進させた。

由衣は涙で滲《にじ》んだ目で蓮を見た。ハンドルを握るその顔はいたって普通だ。ただ、その手の甲には血がこびりついていた。

「蓮さん、ごめんなさい」

由衣が声を掛けると、蓮がちらっとこっちを見た。そして、前を向いたまま手を伸ばして由衣の手を握る。

「危ない真似はするなと言っただろ？　怪我をしたのは由衣だったかもしれないんだぞ」

いつもよりも厳しい声だ。

当然だ。由衣は蓮を危険に晒《さら》したのだから。

「ごめんなさい……」

由衣の目から涙が零れ落ちた。蓮がため息をついて、由衣の手をさらにぎゅっと握る。由衣はその上に自分の手を重ねた。

蓮の温かい手のぬくもりを感じ、ホッとすると同時にまた恐怖が訪れる。

もしかしたら蓮を失っていたかもしれない。

どん底の闇の中に突き落とされたような感覚に目眩《めまい》がしそうだった。

蓮の言うことを聞かず、ついて行ったこと。蓮の言うことを聞かず、危険な真似をした。パニックになっていた海老沢に、さらに追い打ちをかけたのは由衣だ。

怒られても仕方がない。由衣のせいで蓮が怪我をしたことは、間違いない事実だった。

そしてそもそも、由衣がこの話を持ち掛けなければ、こんなことにはならなかった。

全部わたしのせいだ。

今の今ほど自分の行いを悔やんだことはない。由衣はどうしようもない思いに駆られながら、ひたすら蓮の手の温かさを感じていた。

19

蓮はまっすぐに前を見たまま車を運転した。怪我をした手は、運転に差し支えない程度に由衣の手に包まれている。

まだ少しジンジンと疼《うず》くが、海老沢の投げたラジオペンチが左手の甲を掠《かす》めただけだ。

海老沢がどう出るかわからなかったので、ある程度の予想は立てていた。こうなることも、その一つではある。予想外だったのは、由衣が乱入してきたことだけだ。

海老沢に金を払うことは、最初から計画に入っていた。いわゆる買収だが、使い方によって、効果はてきめんだ。現に海老沢は金を受け取る方に傾いていた。由衣が動かなければうまくいったかもしれないが、それを考えても仕方がない。

今日は失敗したけれど、これを機に別の方法が使えるかもしれない。

蓮は自分のマンションの駐車場に車を止めた。由衣を促《うなが》して車から降り、エレベーターで最上階まで上がる。廊下の一番奥が蓮の部屋だ。玄関の扉を開け、由衣を部屋の中へ導《みちび》いた。

「ここは、蓮さんの部屋なの？」

由衣が不思議そうに言った。

「そうだ。来たことはなかったか？」

蓮の問いに由衣が頷く。

「とりあえず手を洗おう」

よく見れば、由衣の手も蓮の血で汚れていた。

「救急箱とかある？　消毒しないと」

「あると思う。こっちだ」

洗面所で手を洗ったあと、蓮は由衣の手を引いて、リビングに移動した。

外はまだ明るい。窓が大きいせいで、部屋の中も明るかった。電気をつけなくてもいいほどだ。

蓮はソファに由衣を座らせ、収納スペースから小さな救急箱を持ってきた。中には最低限の医療用品が入っている。

由衣はその中から消毒液と脱脂綿を取り出し、蓮の傷口をそっと拭《ぬぐ》う。

「っ……」

沁みるような痛みに蓮が眉を寄せる。

「痛い？」

由衣がまた泣きそうな顔になる。

そんな顔をさせたいわけじゃないと、蓮の胸も苦しくなる。

「いや、少し沁みただけだ」

赤黒くなっている傷痕を見て、由衣の顔が険しくなったことに蓮は気づいた。

大きめの絆創膏《ばんそうこう》を貼り、改めて手を握った由衣が蓮を見上げる。由衣の目にはまた涙が溜まっていた。

「ごめんなさい、本当に……」

その姿を見て、蓮の中で恐怖が蘇《よみがえ》ってくる。由衣が傷つけられたかもしれない恐怖だ。

「由衣、相手がどういうタイプの人間か、わかっていたはずだろう？　だから危ないと言ったんだ」

「だって……蓮さんはあの人にお金を払うつもりだったじゃない」

由衣の顔に嫌悪の表情が浮かぶ。

「どうして悪いことをした人にお金を払うの？　そんなのダメよ。もし世間にばれたら、蓮さんも悪い人になっちゃうじゃない」

金を渡すことより、それによって蓮に被害が及ぶことを由衣は恐れている。それを知り、蓮は由衣への愛情がさらに深まった気がした。

由衣が蓮のことを心配してくれることは純粋に嬉しい。けれど、世の中きれいごとだけではないのだ。それゆえに、由衣本人も苦労しているというのに……

蓮はなんとも言えない気持ちになった。

「……駆け引きには、時には汚い手を使うこともある。それが戦術というものだ」

「そうかもしれないけど、でも、蓮さんがお金を使うのは違うわ。父のために、蓮さんが払うなんて。だったら、わたしが……」

「由衣の父親は俺にとっても父親だ」

由衣の言葉を遮《さえぎ》って蓮が言った。

「え……」

「俺たちは結婚するんだ。そうだろ？」

「……それは、そうだけど」

由衣が戸惑いながら頷く。

結婚することを由衣が当然のものとして受け入れていることに蓮は満足した。

「これから夫婦になるんだ。妻やその家族を守るのも、俺の務めだ。それにこれからは何事も二人で助け合わなければ」

蓮がそう言うと、由衣は複雑そうな顔で蓮を見上げた。

まだまだ納得していない顔だ。いくら知識を深めていても、それだけでは測れないことが世の中にはたくさんある。

それを由衣に教えていくのも蓮の役目だ。

蓮は由衣の腕を取って、自分の方へ引き寄せた。

由衣が近くにいる限り、触れずにはいられない。

はじめて由衣と体を繋《つな》げて以来、蓮の理性のリミッターは外れがちだ。

由衣を抱き寄せ、その背中を撫でる。

「もう痛くないの？」

「平気だ」

自分の声がやけにぶっきらぼうに聞こえる。

「こんなことをして……蓮さん、怒ってたのに」

「怒ってない。心配しただけだ。もし怪我をしたのが由衣だったら……もう無茶はするなよ」

「はい。ごめんなさい」

しょんぼりとした由衣を、蓮はぎゅっと抱きしめた。

強張《こわば》った由衣の体から、徐々に力が抜けていくのを感じる。彼女が腕の中にいることで、ようやくお互いの無事を実感した。

由衣の胸の鼓動を感じながら、蓮は由衣の髪に顔を埋《うず》めた。

ふわりと香る匂いに、蓮の頭がくらくらする。むくむくと込み上げてきた欲望が、蓮の心臓の鼓動を速くした。抱きしめる手の動きすら熱を含んでいるようだ。

「れ、蓮さん？」

「なんだ」

由衣が戸惑う一方で、蓮の声は冷静だった。

ただ由衣の体を撫でる手の動きはいつになく妖しい。それがなにを意味しているのか、由衣にもわかったようだ。

「な、なにするの？」

「仲直りだ」

「仲直りって……ごめんなさいは言ったわ」

「大人の仲直りの仕方にはいろいろあるんだ」

やけにまじめな口調で言ってみたけれど、怪しいことには違いない。

「ダメよ、こんな……仕事中でしょ？」

「今はもう終業後だ」

言いながら、蓮は由衣の頬に触れ、そのまま髪をかき上げるように頭を撫でる。由衣はくすぐったかったのか、身を捩《よじ》った。

「外はまだ明るいわ」

「時間は関係ない」

蓮は顔を寄せ、唇が触れ合いそうな位置まで近づく。

「痛みを癒《いや》してくれないのか？」

ささやくように言い、唇を微《かす》かに触れ合わせる。

「もう痛くないって、言ったじゃない……」

尖《とが》らせた由衣の唇が、蓮のそれに触れた。

20

唇が重なった瞬間、きつく吸われ、由衣の息が上がる。途端に心臓が跳ねるように動き出す。

蓮とのキスを深めるために、由衣はつま先立ちになっていた。震える体を蓮が支え、由衣も蓮の首に腕を回してしがみつく。

キスは甘く、絡まった舌がはしたない水音を立てる。由衣が無我夢中で蓮の唇に吸いついている間も、蓮の片手は由衣の体を撫でていた。その手の動きを感じるだけで、由衣の体が徐々に熱くなってくる。

「んっ……」

唇の隙間から甘い声が漏れた時、蓮が由衣の体を抱き上げた。

キスを続けたまま、蓮は由衣を抱えて歩き出した。その腕はやっぱり驚くほど力強くて、蓮が大人の男の人だということを改めて認識する。

由衣が連れていかれたのは、リビングのすぐ隣の部屋。蓮の寝室だった。大きな窓のそばに置かれたベッドは大きく、黒いシーツがかかっている。

ベッドの横に由衣を下ろした蓮は、慌ただしく着ていた背広を脱いだ。ネクタイを外してそれも床に放る。

由衣は、露《あらわ》になった白いワイシャツのボタンに手をかける。興奮しているからか、手が滑ってボタンがうまく外れない。そんな由衣に、蓮はにやりと笑って残りのボタンを自分で外すと、由衣の服を脱がしにかかった。

「落ち着け、俺は逃げない」

「それって、女の子のセリフじゃない？」

由衣もなんだか楽しくなってきた。由衣の服を頭から脱がそうとしている蓮に笑いかける。

「わたしは逃げるかもしれないわよ？」

由衣が冗談っぽく言うと、蓮にぐいっと引き寄せられた。

「もちろん逃がさない」

蓮は由衣の背中に手を回し、ブラのホックを外した。それが足元に落ちていくのを感じながら、由衣は蓮から目をそらさなかった。

お互いの肌が直接触れる。柔らかくつぶされた胸から心臓の鼓動が聞こえる。

蓮の唇が近づいてきたので、由衣はそっと背伸びをして、迎え入れるように受け入れた。濡れた唇の感触に体温が上がっていく。唇をきつく吸われ、呑み込めない唾液が口の端から漏れ出てくる中、自然と絡まる舌の動きに自分から合わせていた。

やがて蓮に押されるようにベッドの上に倒れこみ、最後の下着も脱がされた。明るい部屋の中に、裸の二人がいる。

思わず自分の腕で胸を隠してしまう。

「明るいから恥ずかしいわ」

「すぐに暗くなる」

蓮は言いながら由衣の上に覆いかぶさる。

何度も繰り返されるキス。

まるで愛撫のような蓮の舌の動きに、慣れたと思ったのは傲慢《ごうまん》だったかもしれないと思い直す。

蓮の唇が移動して、耳元にふっと息を吹きかけた。

「ひゃあっ」

身を捩《よじ》る由衣の反応が面白かったのか、蓮はもう一度耳に息を吹きかける。

「あんっ。もうぞくぞくしちゃうからやめてってば」

由衣のその反応を見て、蓮はなるほどと呟《つぶや》いた。そして、今度は耳をぺろりと舐め、その内側を舌でなぞる。

その瞬間、由衣の体をぞわぞわしたものが駆け抜けた。

「やだって言ってるのに……」

半ば涙目で蓮に訴える。

「それは言い方を変えれば、気持ちが良いということだ」

「え、そうなの？」

「そうだ」

自信満々な蓮は、由衣の耳をまた愛撫し出した。体がカッと熱くなり、心臓の鼓動も速くなる。耳を舐める音が頭の中に直接響き、それが余計に由衣を興奮させていた。

「ああ、もうっ……」

ああ、熱い。

体が燃えるように熱い。まるで熱があるみたいに。その熱は、由衣の体の中心から生まれていた。蓮とのことを思い出すたび、疼《うず》くような熱を生み出す、あの場所。

「んっんん」

愛撫されるたび、由衣は自然と太ももを擦り合わせてしまう。

蓮の唇がようやく耳から離れた時には、由衣は息も絶え絶えだった。心臓が破裂しそうなほどバクバクしている。やっと終わったかと安堵したのもつかの間、今度は蓮の手が由衣の胸を包んでいた。

「あ……」

蓮の手は優しく由衣の胸を揉むように動いている。それを追うようにして、蓮の唇も胸に移動してきた。

いつの間にかピンと硬くなった先端を、蓮が口に含む。吸われ、口の中で甘く転がされ、さっきの刺激とはまた別の快感が由衣を包み込んだ。

「あんっ、もう。な、舐めないで……」

力のない声は蓮の耳には届かない。いや、届いているのかもしれないけれど、由衣の願いが聞き入れられることはなかった。

一層強く吸われ、さっきよりもぎゅっと力を込めて胸を掴《つか》まれると、甘い痛みが電気のように走る。

「ああっ！」

ビクンと体が跳ねる。身を捩《よじ》って逃れようとしても無駄な抵抗だった。蓮の体で押さえ込まれ、愛撫する手に翻弄《ほんろう》される。

蓮の唇は由衣の体の上を彷徨《さまよ》うように、舐めて吸ってを繰り返した。

「はっ……んんっ」

声にならない声を上げて由衣は体を震わせ続ける。

やがて蓮の手が由衣の太ももに触れた。その間に手が入り、優しく広げられる。そこはもう由衣が自覚出来るほど濡れていた。

蓮の指がそっと触れると、ぴちゃりと音がした。

「濡れてるな」

低い声で蓮が呟《つぶや》く。

「い、言わないで」

恥ずかしさのあまり、足を閉じようとしたけれど、すぐに蓮に阻《はば》まれた。蓮が指を動かすたびに由衣のそこは熱くなり、息がどんどん上がっていく。

「痛いか？」

触れながら蓮が言った。くちゅくちゅという音が由衣の耳にも聞こえる。

「い、今は平気」

由衣が答えると、蓮の指がそっと中に入ってきた。

「あっ」

思わず声が出る。

「大丈夫か？」

「た、多分……」

言ってはみたものの、あの時の痛みを思い出して、由衣の体が強張《こわば》る。ぎゅっと蓮にしがみつくと、宥《なだ》めるようなキスをされた。

甘いキスをしながら、蓮の指は動き続ける。ゆっくりとそこを撫で、溢《あふ》れた蜜を塗り広げ、そして、一番敏感な場所に触れた。

「あんっ、そ、そこはっ」

その瞬間、ビクッと体が震えた。また電気が走る。痛みと快感が交じり合い、足の間をさらに濡らしていく。

「んんっ、ん……っ」

キスで塞《ふさ》がれた口から漏れるのはうなり声のよう。

蓮の指にリズミカルに愛撫されると、痛みも不安も次々と消えていくようだった。気持ち良さだけが残り、心臓がバクバクする。まるで全力疾走したみたいに、どんどん呼吸が荒くなる。快感はさらに高まり、由衣を少しずつ高みへ連れて行こうとしていた。

「んんっ、ああっ」

思わず唇を離して蓮にしがみつく。そんな由衣の耳元で、蓮がフッと笑った。

「由衣はここが一番好きだな」

「やだ、言わないでってば」

その間も由衣はぎゅっと目を閉じていた。蓮が指を動かすたび、ぴちゃぴちゃと水音が響く。蓮はそこを愛撫しながら、別の指をまた中に入れた。たっぷりと濡れているせいか痛みもない。そこを広げようとする指の動きが、なんだかもどかしい。

気持ちいい。もっとして欲しい。もう少しで手が届きそうなのに。

由衣は自分がなにを望んでいるのかわからなかった。でも、本能がそれを求めている。

ただその先に行きたい。その思いだけが頭の中に渦巻く。

無意識に体を蓮に押し付けていた。ゆらゆらと腰が動いていることにも由衣は気づいていない。

その思いを蓮は的確に受け止め、指の動きを少し速めた。

「ああっ」

ぐちゃぐちゃと音を立て、蓮の指が出し入れを繰り返す。そうしながらも、別の指は一番敏感な尖《とが》りを愛撫し続けている。

「あんっ、ああ、もうっ」

高みはすぐ目の前にあるのに、あと少しなにかが足りない。

もどかしさで体が震える。

これを解消出来るのは蓮だけなのに。

「れ、蓮さんっ」

「ん？」

「い、意地悪っ」

「俺は意地悪じゃない」

やけに楽しげに答えたあと、蓮は由衣のそこを指でぎゅっと押した。

「ああっ！」

ビリビリとした快感が体の中心から頭の天辺《てっぺん》へと一気に押し寄せた。ビクビクと体が跳ね、快感の余韻に震える。

感電したみたいだわ。

荒く息をしながらそう思っていると、蓮が由衣の顔を覗《のぞ》き込んだ。

「やっぱり由衣はここだな」

「もうっ、やっぱり意地悪よ」

由衣が頬を膨らませてそう言うと、蓮が笑ってベッドから下りた。ズボンを脱ぎ、なにかを破く音を聞きながら、由衣は呼吸を落ち着ける。

しばらくして戻ってきた蓮が由衣にキスをした。それを由衣は口を開いて受け止める。当たり前のように舌が絡まり、唾液が交じり合う。

治まっていた息がまた上がる。心臓がどきどきして、体が熱くなる。蓮を求め、由衣の中心から蜜が溢《あふ》れ出す。

広げた足の間に蓮の体が収まり、そして、そこに高ぶったものが触れた。

「んっ……」

少しずつ押し入ってくるそれはとても熱い。まるで大きな太い杭のようだ。ゆっくりと、確実に由衣の中に埋まっていく。大量に溢《あふ》れた愛液のせいで、前ほどの痛みはない。

それでもひりつくような痛みに顔をしかめるのがわかったのか、蓮が唇を離した。

「痛むか？」

「ちょっとだけ、ひりひりする」

由衣が素直に言うと、蓮が心配そうな顔をしながらまたちゅっとキスをする。

「少しだけ、我慢してくれ」

蓮はそう言うと、また由衣の一番敏感に感じる場所を愛撫し、そして耳にキスをした。

「あんっ」

感じる場所を両方攻められ、痺《しび》れるような快感が走る。

由衣の体から力が抜けたその時、蓮のそれが一段と深く押し入ってきた。

「はっ！」

肺から息が抜けたようだった。痛みともなんとも言えないあの感覚が由衣を襲う。骨を押し広げられるような、すべてを圧迫するような感覚。

でも苦しさはすぐに消え、快感だけが残る。

蓮の腰がゆっくりと動くと熱が生まれ、体中に広がっていく。体の奥を突かれるたび、これまで感じたことのない気持ち良さが徐々に現れてきた。

「あんっ、あんっ、あっ……」

揺すられるたびに声を上げる。体をぶつけあう音と水音が交じり合う。その音を聞いてさらに恥ずかしさが増すけれど、それを快感が上まわっていく。

「あんっ、れ、蓮さんっ」

蓮に必死でしがみつき、知らないうちに蓮と同じリズムで体を動かしていた。繋《つな》がった場所からとめどなく溢《あふ》れる愛液が、お互いの体をぐっしょりと濡らしている。

蓮が動くたびにぐちゃぐちゃと音が鳴り、それがさらに二人を興奮させた。

蓮は由衣の体を抱きしめ、もっと強く腰を打ち付ける。

「あんっ、ああ」

由衣の喘《あえ》ぎ声が止まらない。ベッドがきしむ音と、お互いの荒い息づかいが耳元で聞こえる。擦《こす》られた場所から次々と生まれる快感が、由衣をまた高みへと押し上げていく。

「くっ、もういくっ」

珍しく焦った声が蓮の口から漏れた。

由衣は強張《こわば》った蓮の背中に手を回してしがみつく。汗で濡れた肌を撫で、目をぎゅっと閉じて快楽に身を任せた。それは一瞬で訪れ、あっという間に由衣を絶頂に導《みちび》いた。

「ゆ、由衣っ」

由衣の内側が蓮のそれをぎゅっと締め付けている。蓮は一層強く由衣の奥に押し入り、腰を何度も打ち付け、そして震えながら果てた。

お互いの体の震えはしばらく治まらなかった。全身から汗が噴き出し、合わさった心臓は普段よりも速い鼓動を刻んでいる。

蓮が先に頭を起こし、汗に濡れて顔に張り付いた由衣の髪をそっと指で払った。そのまま頬を撫で、ゆっくりとキスをする。

反射的に絡まった由衣の舌をチュッと吸い、また離れる。

「大丈夫か？」

「ええ……」

蓮が心配するような痛みはほとんどなかった。繋《つな》がったままの今でも痛くはない。あるのは、心地よい疲れと純粋な安心感だけだった。

体を合わせることは、心も合わせることなんだ。

ぐったりとした由衣の体から、蓮がそっと離れた。

「ちょっと待ってろ。風呂の用意をしてくる」

蓮はそう言い、裸のまま寝室を出ていった。その後ろ姿を見送り、ふうっと息を吐く。足の間はまだじんじんと痺《しび》れているし、心臓はまだいつもより速い鼓動を刻んでいる。汗が少し引いてきたからか、冷房が肌寒く感じる。力の入らない体をなんとか起こし、シーツを引き寄せてくるまった。

蓮が戻ってくるまでの十分程度、由衣はウトウトと眠っていたようだ。

「動けるか？」

肩をそっと撫でられ、ハッと目を開ける。

少し時間が経ったからか、さっきよりも動ける。よいしょと体を起こし、蓮に手を引かれて立ち上がった。

蓮は服を着ていたけど、由衣は裸だ。とはいえ、今は恥ずかしさもないので、そのままバスルームへ向かった。

蓮の部屋のバスルームは、今の由衣の家よりも広い。まず洗面所の鏡に映った自分の顔を見て、由衣は内心でやっぱりと思った。

相変わらずぼさぼさの髪。そして、散らばった赤い痣《あざ》。

たしかに、このままでは家に帰れない。

服を脱いだ蓮と中に入る。黒のタイルを基調としたおしゃれなデザインで、バスタブにはお湯が張られていた。

蓮がシャワーを出し、お互いの体の汗を流すと、由衣の髪を洗ってくれた。

「蓮さん、上手ね」

「そうか」

思わず口に出すと、蓮はまんざらでもなさそうに答えた。

お互いの髪や体を洗い終え、二人でバスタブに入った。そこまで大きくないので、蓮の体の上に由衣が重なるような体勢だ。さらに蓮の腕は由衣のお腹にまわっている。

「これって合ってるの？」

蓮に凭《もた》れたまま由衣が言った。

「こういうのに正解はない。俺がこうしたいからするんだ」

「そうなんだ……」

蓮の自信に満ちた答えに、由衣はそう返すしかない。

ふと気づけば、このバスルームには窓があった。部屋自体が角部屋だからだろう。窓はすりガラスになっていて外は見えないけれど、まだ日は暮れていない。

全然暗くならないじゃない。

そんなことを考えながら由衣はリラックスしていたが、蓮はそうではなかったらしい。

「だが、さすがに狭いな。二人で暮らす時はもっと広い風呂場がある部屋を探そう」

「毎日一緒に入るの？」

「そうだ」

「体調が悪い時も？」

「それは時と場合によるな」

「喧嘩《けんか》した時は？」

「その時は絶対」

「どうして？」

「仲直りが早く出来る」

「そうなの？」

「ああ」

蓮はやっぱり自信満々に言う。

「そういうもの？」

「ああ。今もそうだろ？」

蓮から言われたけれど、由衣は腑に落ちない。

「今は喧嘩《けんか》してないわ」

由衣が不服そうに言うと、蓮の手が由衣の露《あらわ》になった胸をぎゅっと握った。

「ちょ、ちょっととっ」

由衣は思わず自分の胸を見た。蓮の手が半分お湯に浸《つ》かった胸を下から包むように掴《つか》んでいる。その指先は乳首をつまむみたいに動いていて、徐々に硬くなる様子を、由衣はじっと見てしまった。

こんな風になるんだ。

ここにきて由衣の探求心が頭をもたげてきたけれど、蓮の指で乳首をぎゅっとつまれて、痛みのような刺激に頭の中が真っ白になる。

「あんっ」

声を上げるのと同時に体がビクンと跳ねた。お湯がパシャッと音を立ててバスタブから溢《あふ》れ出る。

「仲直りとは別に、仲良くもなれる」

涼しい声で蓮が言う。

それがさっきの話の続きだとわかっていても、由衣の頭はすぐに働かない。蓮が両手で由衣の胸を掬《すく》い上げるように掴《つか》み、両方の乳首を攻めているからだ。

くすぐったいような、気持ち良いような甘い刺激に、また由衣の体温が上がっていく。

「や、ああんっ」

由衣は蓮の胸に背中をつけ、ぐっと体を仰け反らせた。蓮が由衣の顔を半ば強引に自分の方に向けて、唇を奪う。

「んんっ」

絡まる舌を吸われながら、お湯の中で胸が揉まれる。

由衣の息がどんどん荒くなり、心臓がまたバクバクとしだす。体がカッと熱くなり、由衣の体の中心がまた熱を持ちはじめた。

それがわかったかのように、蓮の手が由衣の下半身に伸びた。太ももに手をかけ、バスタブの縁に足を置き、大きく広げられる。なにもかもが露《あらわ》になっている、あられもない恰好なのに、由衣は恥ずかしさすら感じる余裕はなかった。

「んんっ、ううっ」

キスはまだ続いていて、由衣はまともに声も出せない。

お湯とは違うなにかが、また由衣の内側から溢《あふ》れ出てくる。

蓮の指が敏感に膨らんだ箇所に触れた。ビクンと電気が走るような快感。そこを何度も指で擦《こす》られ、由衣は快感のあまり体をビクビクと震わせた。

そして、あっという間に由衣を高みへと押し上げていく。

「ああ、もうっ」

甘い痺《しび》れが一気に走り、由衣はまた絶頂を迎えた。

ビクンと跳ねる体を、蓮が優しく抱きしめる。

体温が上がったことと、お湯に浸《つ》かっているせいで頭がのぼせそうだ。ハアハアと荒い呼吸をしている間、蓮がゴソゴソと動いていたけれど、それを見る余裕もない。

ふと気づくと由衣のお尻の辺りに、硬くて熱いものが当たっていた。

蓮も興奮している。

そう思うと、由衣もまた熱くなってきた。

その時、蓮が体を起こした。自動的に由衣の体も前かがみになる。

「きゃっ」

とっさにバスタブの縁に手をかけて体を支える。そんな由衣の腰を、蓮が後ろから掴《つか》んだ。由衣が振り返ると、蓮は口に小さな袋を咥《くわ》えている。それを片手で持って袋を破り、中身を取り出した。

蓮がそれを自分のそれにつけるのを見て、パッと視線を逸らす。

み、見てしまった……触った時も驚いたけど、あんな形状だったとは……

一瞬グロテスクと思ってしまったことを反省していると、蓮の手がまた由衣の下半身に触れた。

後ろからそこを指で撫でられて、由衣は自分のあの場所が蓮から丸見えになっていることに気がついた。

「やだっ」

慌ててしゃがみこもうとしたけれど、蓮の腕に阻止される。

由衣の腰を抱え、蓮が後ろから覆いかぶさってきた。由衣のそこに、熱いものが当たる。

「えっ。そんな……」

ぐぐっと少しずつ入ってくる。何度も絶頂を迎えた体は、すんなりとそれを受け入れていた。

「ああ……」

後ろから押し開かれる感覚は、これまでとまったく違った。今まで感じたことのない場所に触れているような気がする。

それが由衣の最奥に届くと、蓮が動き出した。

「あんっ」

バスタブのお湯が波打ち、蓮が体を打ち付けるたびにあちこちに飛び散る。由衣は必死にバスタブの縁にしがみつく。すると蓮は腰を打ち付けながら、二人が繋《つな》がった場所を触った。

「ああっ、あっ、ああっ」

あの敏感な箇所をぐりぐりと攻められる。痛みはなく、快感だけが伝わってきた。

「あんっ、だめ、き、気持ち、良い……」

蓮の動きは一層速く、激しくなってくる。

「あんっ、だめ、だめ、やん!!」

自分の声の大きさに自分で驚き、とっさに口に手を当てて声を抑えた。その間も、蓮は動き続ける。

「んんっ、ううっ」

揺さぶられながら、声を我慢していると、口を塞《ふさ》いでいた手を蓮がそっと外す。

「我慢するな」

「だって、は、恥ずかしい」

「俺しか聞いてない。もっと出して求めろ」

蓮はそう言い、後ろから由衣の唇を塞《ふさ》いだ。すぐに舌が絡まり、強く吸われる。

「んっ、んん」

声も唾液すらも蓮に呑み込まれる。

キスをしていることで蓮の動きはゆっくりになるが、それが由衣にはもどかしい。唇を離して蓮の手を取り、そこへと導《みちび》いた。

「も、もっと。もっとしてっ」

由衣の懇願に、蓮は素直に応《こた》えてくれた。

ぬるぬるとした愛液で濡れたそこに手を這わせ、敏感な突起を愛撫する。

「ああっ」

快感がまた体中に走る。それは波のように満ち引きを繰り返しながら、少しずつ大きくなっていく。蓮の腰もリズムよく動き出すと、由衣もそれに合わせて自然と体を揺らした。

「どうだ？　良いか？」

耳元で蓮が囁《ささや》いた。わざとゾクゾクさせるように、とても近くで。

由衣はブルッと震え、高みへとまた一段上る。うんうんと頷き、うわ言のように呟《つぶや》く。

「いいっ、気持ち良いっ……すごく」

その瞬間、由衣はまた絶頂を迎えていた。その震えを感じ、蓮が動きを止めて後ろからぎゅっと抱きしめる。

バスタブの縁に置いた腕がぶるぶると震えていた。膝もガクガクとして、今にも崩れ落ちそうだ。

汗が噴き出た体を、蓮が抱きしめて支えている。

由衣はそんな自分の体の反応に驚き、混乱していた。

自分がこんな風になってしまうなんて。

「一人で先に行くなんて……」

蓮がまた耳元でささやく。

「ご、ごめんなさい……」

由衣は自分のはしたなさが恥ずかしくて、手で顔を覆う。

「悪い子にはお仕置きだ」

蓮が妖しい声で言い、まだジンジンと痺《しび》れているそこをぎゅっと指で押した。

「ああんっ！」

大きな声を上げ、由衣はまだ蓮と繋《つな》がっていることを思い出した。

蓮の腰がまた激しく動き出した。パンパンと体を打ち付ける音がバスルームに響く。

「あん、あんっ、あんっ」

由衣の口からは喘《あえ》ぎ声しか出ない。何度も擦《こす》られて、繋《つな》がった場所がどんどん熱くなる。

すると、蓮が由衣の胸をぎゅっと掴《つか》んだ。

「あん！」

痛みでさえ、今は快楽に変わる。

蓮に乱暴に胸を揉まれながら、内側を強く擦《こす》られた。その刺激はさっきよりも強く激しい。ガクガクと揺さぶられながら、また由衣は快感の波に押し流されそうになる。

その時、蓮の動きが止まった。由衣の体を支え、それを引き抜く。

「え……」

圧倒的な存在感が自分の内側から消えてしまった、なんとも言えない喪失感に由衣が戸惑った時、蓮が体勢を変えてバスタブの中に座った。そして由衣を引き寄せ、向かい合うように自分の上に座らせる。

由衣が状況を理解する前に、下から蓮が中に入ってきた。

「はっ……ああっ」

思わず由衣は仰け反った。突き出された胸を蓮が口で吸う。じゅっと強く吸われ、また甘い痛みを感じる。

蓮は下から突き上げるように腰を動かしていた。時々由衣の腰を持ってぐるりと回し、いろんな角度から刺激を与え続ける。

由衣の心臓は今にも壊れそうなほど早鐘を打つ。

「も、もうダメっ」

「まだだ。もっと俺を締めつけろ」

蓮はそう言って、一層スピードを上げた。

「あんっ、あああっ、あっんん」

由衣は夢中で自分からも腰を振っていた。蓮の体に自分を押し付け、自分が感じる場所を強く擦《こす》る。

蓮にしがみつき、体を揺すりながら、一息に高みを目指した。

「くっ……いくぞ」

蓮が唸《うな》るように呟《つぶや》いた時、由衣も何度目かの絶頂へと駆け上がっていた。

21

二人の体が快感の余韻に震えている。さすがの蓮もすぐには動けないでいた。ぐったりと寄りかかっている由衣を抱きしめながら、なんとか己《おのれ》を引き抜いて避妊具を外す。

由衣を抱え直しながら、蓮は自分の膝がガクガクしていることに気づいて、自嘲する。こんな風に我を忘れるほど求めたのははじめてかもしれない。運命の恋人との行為が、こんなにも素晴らしいものだったとは。

蓮はもっと早く由衣とこうなりたかったと思ったけれど、きっとこのタイミングが最善だったのだと思い直した。

自分の体の上に由衣を乗せ、またのんびりとお湯に浸《つ》かる。さすがに熱くなってきたので、水を足してお湯の温度を下げた。

「結婚したら、こんなことが毎日なの？」

目を閉じてぐったりしたまま由衣が言う。

「嫌か？」

蓮が由衣の体を撫でながら尋ねる。

「……嫌じゃないけど、疲れるわ」

素直な言葉に、蓮は内心で笑った。

「では、疲れている時はほどほどにしよう。だが、喧嘩《けんか》をした時は絶対だ」

「たしかに、怒りも忘れそう」

ぶつぶつと呟《つぶや》く由衣に、蓮はまた笑う。

「まだ明るいわ。すぐ暗くなるなんて嘘じゃない」

由衣の視線は窓に向いていた。換気用の窓はすりガラスになっているので外の景色は見えないが、空がまだ明るいのは十分にわかる。

「嘘じゃない。夏だから日が落ちるのが遅いだけだ。時間を見ろよ」

蓮が風呂場についている時計を指さす。

時刻は午後六時を過ぎていた。

「まあ……」

由衣は体を起こして時計を確認するとびっくりしたような声を出し、そしてまるで当然のように蓮の胸に凭《もた》れた。

この自然な動きが蓮には嬉しかった。

これまで由衣とは距離があったことは否めないが、今はそれがまったくないのだ。

由衣の腹を撫で、腕や足も撫でる。まるでマッサージをするような手の動きに、由衣がふーっと息を吐き、体の力を抜いていく。

自分の腕の中でリラックスしている由衣を見て、蓮は自分の頑張りをほめてやりたくなった。

こんな幸せな生活がこの先に待っているのであれば、一刻も早く由衣と一緒になりたい。

しばらく浸《つ》かってから、汗をかいたのでまた由衣の髪を洗った。蓮に洗われている間も、バスルームから出てタオルで体を拭いてやる間も、由衣はされるがままだ。

蓮はそれを当然のように受け止め、甲斐甲斐しく由衣の世話をした。そうすることに苦痛は全くない。むしろ、由衣の世話をするのは自分の役目だと思っている。

さすがに着替えは用意出来なかったので、由衣は着ていた服をまた身につけた。由衣の着替えは常備しておこう。蓮は心のメモに書き込む。

蓮も身支度をして、二人で食事をしてから由衣を送った。今日はマンションの下までだ。

「怪我をさせてごめんなさい」

別れ際に由衣がそう言って頭を下げた。

「その件はもう終わった。仲直りはしただろう？　それともまだ足りない？」

蓮が由衣の手を握ってそう言うと、由衣が勢いよく顔を上げる。その顔は赤く、あの時を思い出していることが明らかだった。

「もうっ、蓮さんったら」

由衣は赤い顔のまま蓮に手を振ってマンションの中に消えた。蓮はその背中を見送り、満足げな表情を浮かべた。

蓮はその足で自分のオフィスに向かった。蓮が由衣と濃厚な仲直りをしている間に、側近から連絡が入っていたのだ。

海老沢との交渉は一時保留。警察沙汰にはしないことを条件に、改めて話を作る機会を設《もう》けることにした。それも最初から計画していた流れの一部だった。

蓮がオフィスに入ると、犬飼と鹿野内が手を止めてこちらを向いた。

「蓮さん、大丈夫ですか？」

「怪我の具合は？」

口々に言われ、蓮は左手を上げる。

「かすり傷だと言っただろ。家で一応消毒してある。化膿するようなら病院に行くが、痛みもないし大丈夫だろう。由衣も今送ってきた。彼女も大丈夫だ」

蓮がそう言うと、側近らが安心したように頷いた。

「海老沢は一時興奮状態だったけど、すぐに落ち着いたよ。改めて明日、話をする時間を作った。怪我をさせたことを後悔してたよ。見かけより良いやつそうだった」

「そうか」

鹿野内の言葉に、蓮は短く答えた。

そして翌日、仕事を終わらせてから海老沢の事務所に向かった。

前とは違い、事務所のシャッターが半分閉まっていて、狭い室内に海老沢が座っている。蓮の姿を認めると、顔を上げ、さっと蓮の手に視線を走らせた。

「……怪我をさせるつもりはなかったんだ。すまない」

海老沢がぽつりと呟《つぶや》いた。

「ああ、わかっている」

蓮は理解を示すように頷く。

あの時、由衣の突然の登場に誰もがパニックになったのだから。

「あいつが、蜂谷が手を回したのかと思ったんだ。金を払えそうにないから、消されるのかと」

「蜂谷からまだなにも受け取っていないのか？」

蓮が尋ねると、海老沢が頷いた。

「ああ。再三催促はしているが、この頃は電話にも出ない。そもそも最初から金を払う気があったかどうかもわからない」

海老沢ががっくりと肩を落とした。

「蜂谷からなんと言って頼まれた？　前社長を陥《おとしい》れるためだと知っていたのか？」

「いや、詳しい理由は言われなかった。ただ、誰にも見つからないように、社長室にカメラをつけたいってことだった。怪しい話だったから最初は断ったけど、正規の工事費とは別に、特別に金を払うと言われて……ちょうど資金のやりくりに困っていた時だったから、それならと話を受けたんだ。前の社長が辞めさせられたと噂を聞いて、あの時のことだと思い当たった。あとはもう知ってるんだろ。蜂谷は金を払わないまま、うちの会社は明日をも知れない状態だ」

海老沢の告白を蓮は静かに聞いていた。

「その証拠があれば渡してもらいたい。その代わり、今回のことを表沙汰にはしない」

蓮が言うと、海老沢が顔を上げた。

「本当に？」

「ああ。証拠はあるのか？」

蓮が問うと、海老沢がゆっくりと頷いた。

「ある。怪しいと思ったから、蜂谷に契約書を書かせたんだ」

「契約書？」

「ただのメモ書きだけどな。でも印鑑も押してもらった」

海老沢はそう言うと、机の引き出しの中からノートの切れ端のような紙を取り出した。

そこには殴り書きのような文字で、特注工事に五百万円払うという文面と、蜂谷の署名と印鑑がある。

「それからこれも」

今度は足元から箱を取り出した。中には小さなカメラが入っている。

「例の社長室に取り付けたカメラだ。取り外しも俺がやった。処分するように言われたけど、念のため取っておいた。元々このカメラだけ、録画データを通常のカメラとは別のところに保存するように指示されていたんだ。そのハードディスクも蜂谷に一緒に渡した。ただ、やつには言わなかったけど、このカメラは本体にもデータが残るようにしておいた」

「と、いうことは？」

「前の社長の不正の証拠とやらが入ってる」

「見たのか？」

「一応。ただ、それがなんの証拠なのかはわからなかったけどな」

海老沢はフンと鼻を鳴らし、そう言った。

「つまり、明確な不正の証拠ではないと？」

「俺には判断出来ないってことだ。ただ、蜂谷の怪しい行動も映っていると言っておく」

その言葉に蓮たちはハッと顔を見合わせた。

なるほど、由衣の父親の不正を作っている現場を映しているということか。

海老沢はそれを一式、蓮に渡した。

「これで、警察には言わないでくれるんだよな」

「もちろんだ。最初から、警察沙汰にする気はなかった」

蓮が言うと、海老沢が安堵の表情になる。

「ありがたい。もうすぐ子どもが生まれるんだ。借金だけならともかく、父親が犯罪者になるなんて、子どもに申し訳ないから」

強面《こわもて》でガラの悪い男に見えたけれど、案外良いやつなんだなと蓮は内心で思った。

「謝礼は仕事でどうだろう。そっちさえ良ければ、竜崎グループの仕事をいくつかまわす。結果次第では継続も可能だ。どうなるかは、あなたの腕次第だが」

犬飼たちが苦笑するのが見えたけれど、蓮は海老沢を放っておけなかった。

「……本当に？」

「ああ。金を払うのは反対されたんでね。仕事に対する対価なら、文句もないだろう」

誰がとは言わずに蓮が答える。それが由衣のことを指しているとわかったのは側近たちだけだろう。

「それは助かる。ずっと池貝建設から仕事をもらっていたけど、最近滞《とどこお》りがちで困ってたんだ」

「ならすぐに手配しよう」

蓮が犬飼に視線を向けると、すぐに頷いた。

竜崎のメイン事業は建設業だ。仕事は唸《うな》るほどある。

海老沢に仕事を繋《つな》ぎ、証拠として預かったカメラやメモを慎重に箱に詰め、蓮たちはオフィスに戻った。

改めてメモを読み、そして防犯カメラに内蔵されている映像を見る。

カメラが取り付けられた当日の夜、暗闇の中で蜂谷がパソコンに向かっているところが映っていた。時々カメラの方を見て、十分ほどなにかを操作してからこっそりと出ていく。そして翌日、由衣の父親が出社して、一日仕事をしている様子が続いた。途中、部屋を空けることが何回かあったが、夜遅くまでそこにいる。そんな日々が三日間ほど録画されていた。

海老沢が言うように、由衣の父親に怪しいところは一切なかった。

「解雇の理由はなんだっけ？」

一緒に見ていた鹿野内が言った。

「たしか、データの不正流出だったたな」

蓮がそれに答える。

「これのどこが、その証拠になるんだ？」

鹿野内のもっともらしい質問に、答えたのは犬飼だった。

「その詳細がわかりましたよ」

「なんだって？」

蓮と鹿野内が一斉に犬飼を見た。

「役員の一人に接触しました。名前を明かさないという約束で教えてくれましたよ。社長解任の理由は、たしかに社内の重要データの不正流出でした。そのデータは社長室のパソコンからしかアクセス出来ない。だから、そのデータが流出した時間にパソコンを操作している前社長が映ったビデオが証拠として提出された、とのことです」

犬飼が淡々と話す。

「それがこの映像ってことか」

蓮が話を聞きながら頷く。

「なるほど。蜂谷は元々ソフト開発が専門だ。遠隔でデータを流出させるソフトを前もって社長のパソコンに忍ばせておけば、好きなタイミングで操作出来るだろう」

「そうか、それが最初の日の夜ってことだな」

蓮の言葉に、鹿野内が納得したような顔で続ける。

「そうでしょうね。カメラは早々に撤去され、データは蜂谷のもとに残された。多少の細工はお手の物でしょう」

犬飼らの話を聞きながら、蓮は画像をじっと見つめていた。

「それにしては、弱すぎる証拠だと思わないか？　こんな画像一つで、それまでなんの落ち度もなかった社長を辞めさせられるか？」

蓮が言うと、犬飼も頷いた。

「それは解任当初からの疑問でしたよね。あっさりしすぎている。鷹野前社長はいくらでも弁明の余地があったはずです。少し調べれば、社長室のパソコンに細工した証拠も出てきたでしょう」

「由衣の父親にはなにか思惑があったんだろうが……」

自分が築き上げてきたものを、こんなにあっさり捨てられるのだろうか……

蓮の頭の中には疑問符が浮かぶ。

「まあとにかく、これで蜂谷社長を追及する材料は出来ただろ」

鹿野内が言った。

「多分、恐ろしく気分の悪い出来事になるだろうけどな。だが由衣にも約束したし、なにより、これ以上あの会社が沈んでいくのを見てはいられない」

就任パーティー以降もホークシステムは傾き続けていた。このままいけば倒産するのではないかと、まことしやかに噂されている。

蜂谷が経営者に向いていないのは間違いないようだ。

それに、会社の内部でクーデターが起こるより、蓮たちが介入した方が傷は浅い。

蓮は自分の予想が外れればいいと思っていたけれど、それが難しいこともわかっていた。

22

受付に座り、顔に笑みを張り付けたまま、由衣は体のだるさを感じていた。

……また、蓮さんと致してしまった……

結婚前提で婚約している二人だ。愛情だってもちろんある。そうなることもあるだろう。一般的には。

蓮さんったら、怪我をしているのにあんなことをするなんて……

思い出すだけで頬がうっすらと赤くなるのを自分でも感じる。

もう、こんなことを思い出してる場合じゃないのに。

気を取り直して姿勢を正した。

昨日蓮から連絡があった。海老沢から証拠をもらったそうだ。その詳細も教えてもらったが、由衣にはショックな内容だった。

そこまでして、父を追い出したかったのか。

父は彼が犯人だとわかっていたから、あえて追及もせず、会社を辞めてしまったのか。

蜂谷に聞きたいことは山ほどあった。

その蜂谷に会いに行くことになったのは、それからすぐのことだった。由衣の仕事が終わった後、迎えに来た蓮の車に乗り、ホークシステムに到着した。

すでに約束を取り付けていたのか、受付を難なく通り、社長室のあるフロアに向かう。途中で由衣を見知った人たちと何人も会った。どの人も驚きつつも、思いがけない再会を喜んでいた風にも思えて、由衣は不思議な気持ちになる。

やがて、社長室の前に着いた。父親が社長であった時、時々訪れていた場所だ。緊張しながら蓮が扉をノックするのを見守った。

中からくぐもった声が聞こえ、蓮が扉を開ける。

蓮の後に続いて入り、その後ろから犬飼と鹿野内が入室した。

蜂谷はそう言いながら座っていた椅子から立ち上がり、由衣を認めて驚いた顔をした。

「どうも、竜崎の……」

「ゆ、由衣ちゃんか……どうして」

戸惑う表情をしたあと、ああと納得したように頷いた。

「だから竜崎が動いたんだね」

蜂谷は由衣たちにソファに座るよう促《うなが》した。蓮と並んで座り、その後ろに犬飼と鹿野内が立つ。

目の前に蜂谷が座ると、犬飼がテーブルの上にカメラとメモを置いた。

「……これは？」

「この部屋に取り付けられていたカメラと、あなたが書いた契約書です」

蓮がそう言うと、蜂谷が目を見開いた。

「海老沢さんに会ったのか……」

「海老沢さんはすべてを話してくれましたよ」

そう言いながら、蓮はカメラを裏返して、中からＳＤカードを抜きだした。

それを見て、蜂谷がさらに驚く。

「そんな……」

「この通り、このカメラには三日間ほどのデータが保存されています。あなたが、鷹野前社長の不正だと主張したものですよね」

蓮の静かな問いかけに、蜂谷は押し黙る。

そんな蜂谷の顔を見ていると、由衣の胸がぎゅっと苦しくなってきた。

「このカメラが設置された直後に、あなたがパソコンを操作しているところが映っていました。あなたが、不正をでっち上げたんじゃないですか？」

蓮がずばりと言った。あまりにも直球で、由衣も、そして蜂谷も目を丸くした。

「……まさか。そ、それに、そんなもの、なんの証拠にもならない」

蜂谷が苦々しい顔をして答える。本人は気づいていないかもしれないけれど、認めたも同然に聞こえた。

「そうです。あなたがでっち上げたかもしれないことも、鷹野前社長が不正をしたのかもしれないことも、ここに映っているものだけでは、なんの証拠にもならない。でも事実、あなたはこの映像をもって鷹野前社長を糾弾し、そして彼はあっけなく辞任した」

「……」

「調べれば、パソコンに細工した証拠が出てくるかもしれない。でも、鷹野社長はあえてそこまでしなかった。なぜですか？」

「……わからん。鷹野の考えていることは、昔からわからん」

「どうして鷹野社長を追い出したんですか？　こんな、つまらない事件をでっち上げ、下手な隠ぺい工作までして」

蓮の決めつけるような言葉にも蜂谷は反論しなかった。

なにも言わないのは、認めたということ。

やっぱり、この人が……

呆然としたままの蜂谷を見つめ、由衣はなんとも言えない気持ちになっていた。

心の底ではなにかの間違いだと思っていた。本当は別の誰かが糸を引いているのではと考えたこともあった。

信じたくなかったのだ。長年の友人が裏切るなんて。父の気持ちを考えるとどうしようもなく胸が痛かった。由衣はふと、昔の蜂谷を思い出す。優しい人だと思っていたのに。

突きつけられた現実はあまりにも残酷だ。

「あなたはこれで、なにを得たかったんでしょう？　社長の椅子ですか？」

蓮が畳みかけるように問う。

「……違う。いや、違わないか。わたしは……」

蜂谷ががっくりと項垂《うなだ》れた。

沈黙が続く中、蓮は微動だにせず、黙って蜂谷を見ていた。その視線は冷たい。蓮はどこまでも冷静だ。今の由衣にとって、蓮ほど頼もしい存在はいない。

やがて蜂谷が大きなため息をつき、そして重い口を開く。

「鷹野は、どんどん新しいことを取り入れてきた。人を増やし、システムを増やしていった。わたしは、そんな鷹野についていけなかった。なぜ既存の事業を大事にしないのかと、何度も言い争った。鷹野の言い分は、常に先を読んで動かなければいけないと、会社は変わり続けるものだと、ただそれだけだった。わたしにはそれが、耐えられなかった」

蜂谷の苦しそうな表情を見ながら、由衣は父のことを思い出していた。父は変化を好む。そして、その変化に柔軟に馴染んでいくことが出来る。だからこそ、今回のようなことがあっても、どこまでも前向きでいられたのだ。

だけど、一方で変化を好まない人もいる。蜂谷のように。

それは由衣にも理解出来ることだった。

「……だから、父を追い出して、原点回帰を試《こころ》みたんですね」

由衣の言葉に蜂谷が顔を上げた。そして、苦しい顔のまま頷く。

「そうだ。すべてわたしが計画を立てた。工事には池貝建設が入るように手配した。池貝の娘が、竜崎の御曹司に近づきたいと思っていることを知っていた。鷹野に不祥事があれば竜崎は由衣ちゃんからも手を引くだろう。そうすれば、池貝の娘が近づく余地が出来ると匂わせて協力させた。もしもの時、池貝自体に被害が及ばぬよう、金に困っていそうな下請け業者を探させた。それが海老沢だ。あとはそっちが思っている通りだ」

父が会社を去った後、新しくはじめる予定だった事業が次々と打ち切りになったことは、ニュースや蓮からの話で聞いていた。そのせいで人も多数離れ、そして会社が傾きはじめた。

「蜂谷さん、あなたの謀反はあまりにも稚拙《ちせつ》だった。それなのに、なぜ他の役員や社員から反対意見が出なかったんですか？」

蓮がまた口を開く。

「元々鷹野のやり方に反発していた役員もある程度はいたんだ。それに、意見が出る前に、鷹野が自分からさっさと辞めたんだよ。あまりにもあっさり辞めると言ったから、事情を知らない社員は不正が事実なのだと信じてしまった。まあ、そのあとは思い通りにはいかなかったわけだが」

蜂谷が自嘲気味に話す。

「わたしが社長になったあと、鷹野がはじめようとした新規事業を打ち切って、既存の事業に力を入れようとした。最初こそ、他の役員らもこの意見に賛成してくれていたんだ。でも、実際に動き出すと、思うようにいかなかった。社内の反発もすごかった。辞めた者も多々いたが、それでも既存の事業があれば、会社を続けていけると思っていた。鷹野に出来たんだから、わたしに出来ないはずはない。学生の頃から、わたしの方が鷹野よりもずっと成績は良かったんだ」

由衣は蜂谷の顔を見るのが辛くなってきた。

胸がまた締め付けられるように痛む。仲が良いと思っていた二人だけれど、こんな風に思っていたなんて。

「蜂谷さん、あなたの自己満足で会社全体を危機に陥《おとしい》れていることがわからないのですか？」

蓮の冷たい声が、その場の空気を変えた気がする。

「会社はあなたの自己肯定感を高める場所ではありません。経営者になったのなら、なにがあっても、会社を、従業員を守らなければいけない。従業員のことを考えて、経営しないといけないんです。どの業界も生き残りに必死だ。だからこそ、アンテナを広げて模索して、生き残る道を探さないといけないんです。あなたのように、ただ一つの道を極めるのも良いでしょう。それで成功している企業ももちろんあります。でも、この会社はその方法ではダメだった。鷹野社長はそういう戦術に長《た》けた人だ。だからあなたは、こんなに長い期間、自分の好きなことに集中してこられたんですよ。適材適所という言葉があります。あなたはその道のプロフェッショナルだが、経営者には向いていない。それをちゃんと自覚していただきたい。あなたの自己顕示欲で会社を沈める気ですか？」

淡々と話す蓮の言葉が、蜂谷の表情を少しずつ変えていく。

冷たいともとれる言葉だけれど、それはこの一連の事件の核心をついているようだった。

そんな蓮を見て、由衣は心の底から尊敬の念を抱く。

大企業の跡取りとして育ってきた蓮は、由衣が知っている限り、その立場に驕《おご》ることは決してなかった。常に自分が出来ることを考え、将来のために努力していた。だから、何か月も海外へ行ったり、現場でずっと働いていたりするのだ。

蓮の言葉は蜂谷に向けたのと同時に、自身に対しての戒《いまし》めだった気がする。

「……その通りだ、竜崎さん。わたしは経営者の器《うつわ》じゃなかった。あなたの言う通り、わたしは、鷹野が作ってくれた舞台で独り芝居をしていただけだったんだ。それに満足していれば良かったのに……」

蜂谷はがっくりと肩を落とした。重い空気が由衣にものしかかる。

「由衣ちゃん」

蜂谷が顔を上げて、由衣を見た。

「鷹野に、戻るように言ってくれないか？」

「え……」

「わたしにはもう無理だ。退任するよ。自分がこんなことを言う資格はないのはわかってる。汚い手を使って、鷹野を陥《おとし》いれたことは事実だ。鷹野に訴えられることも覚悟している。警察に捕まっても仕方がない。すべて、自分が招いたことだ。甘んじて受け入れる」

「おじさま……」

由衣はじっと蜂谷を見つめた。これまでのいろんな感情が溢《あふ》れてくる。

「おじさまのことを簡単に許すことはできません。わたしの家族のことはともかく、会社に損害を与えたことや、他人を巻き込んだことは、到底許されることではありません。でも、おじさまのことは、ずっと優しい方だと思ってきました。だから、反省して立ち直り、また会社のために努力していただけたらと思います……」

蜂谷は静かに由衣の話を聞いていた。そして、その場でどこかに電話を掛け、自分の退任の意思を伝えた。驚く声が電話越しに聞こえる。

「では、我々はこれで」

蓮がそう言うと、由衣を促《うなが》して立ち上がった。そしてそのまま社長室を後にする。

「蓮さん、カメラは？」

証拠だったカメラやデータは机の上に置いたままだ。由衣が尋ねると、蓮があると言った。

「念のためのバックアップは取ってあるが、もう必要ないからな。蜂谷氏が、他の役員に退任の説明をする際、使うだろうし」

「そうね……」

由衣は頷きながらも、落ち込んでいく気持ちを止められなかった。

エレベーターに乗り、地下の駐車場に向かう間もなにも声を発しない由衣に、蓮が心配そうに声を掛けた。

「大丈夫か？」

この言葉、これまで何度聞いただろう。由衣はいつも蓮に心配ばかりかけている。

「ええ……結局、わたしがしたことは正しかったの？」

蜂谷を疑いはじめた時から、ずっと思っていたことを由衣は口にした。

「会社のことを考えれば、誰かが止めなければならなかっただろう」

蓮の声は冷静だ。

「そうよね。いつかは、どこかで必ず綻《ほころ》びが出ただろうから」

でも……

真実を望んだのは由衣自身だ。でも、こんな苦い思いをするくらいなら、父のように黙ってなにもしない方が良かったかもしれない。

そうか、父も同じ気持ちだったのだ。だから、あっさりと身を引くように辞めた。

親友だと思っていた相手に裏切られたとしたら……自分ならどうするのだろうか。

「お父さんに言わなければ……」

車に乗り込み、由衣が呟《つぶや》く。隣に座った蓮が、そっと由衣の手を握った。その手は大きくてそして温かい。

「蓮さん、一緒に来てくれる？」

「もちろんだ」

蓮の揺るぎない言葉に、由衣はホッとした。

走り出した車が地下から地上に上がる。ビルを見上げながら、今ごろ役員室は大騒ぎかもしれないと由衣は思った。

その時、蓮がそっと由衣の方へ身を寄せた。手と、そして隣り合う体の体温が由衣の心も温めていく。

動揺していた気持ちが少しずつ収まってくる。

父と話すことは気が重いけれど、蓮がいてくれるならそれだけで安心だ。

蓮の肩に凭《もた》れながら、由衣は心を落ち着かせた。

23

蓮と一緒に由衣の自宅に着いた時、父は母と一緒にお茶を飲んでいた。

「まあ、蓮さん、いらっしゃい」

和《なご》やかに迎えてくれた母に、蓮はいつの間にか用意していたお茶菓子を渡した。

「突然すみません。お邪魔します」

「良いのよ。どうせ暇なんだから。どうぞどうぞ」

母に促《うなが》されてリビングのソファに由衣と蓮は並んで座った。その正面に父が座り、お茶を淹《い》れた母がその横に座る。

「先ほど、蜂谷さんに会ってきました」

蓮の言葉に、両親の顔に緊張が走る。

それに続き、由衣も口を開いた。

「蜂谷のおじさまだったの。お父さんが不正にデータを引き出したって証拠を捏造《ねつぞう》したんだって。おじさまもそれを認めたし、カメラを取り付けた人に話も聞いたし、証拠ももらったのよ」

父の顔が少しだけ険しいものになる。

「……そうか、蜂谷が」

そう呟《つぶや》いた父の顔は、やっぱり悲しそうに見えた。

「おじさまはこの件を認めて、社長を退任すると言ってるの。それで、お父さんに戻ってきて欲しいって。お父さんが訴えるのなら、それも受け入れるって」

父は難しい顔をしたまま、由衣の言葉を聞いていた。そんな父を母が心配そうに見ている。

「会社が今、どういう状態かおわかりですよね？」

自分が作った会社が傾きつつあることを、父がどこまで知っているのか、そしてそれをどう思っているのか、由衣もまた知りたかった。

長い沈黙の後、父がはあっと息を吐いた。

「そうか。最近、由衣が蓮くんと会っていたのは、これのせいだったんだな」

どこか残念そうな父の顔に、由衣は胸が痛くなった。

やっぱり父はわかっていて、あえてなにもしなかったのだろう。

由衣は自分がしたことが、本当に父のためになったのか、改めて考えてしまう。

「お父さん……ごめんなさい」

由衣がしょんぼりとしながら謝ると、父が首を振った。

「いや……由衣、蓮くん。わたしのために、いろいろとありがとう。でもね、元の会社に戻るつもりはないよ」

「え、どうして？」

驚く由衣に、父が笑った。

「どうしてって、今の仕事に不満がないからだよ。実はね、今度取締役になることが決まったんだ」

「……は？」

由衣が口をぽかんと開けた。

たしかに知り合いの会社とはいえ、一《いち》社員として入社したはずだ。そこからまだ数か月しかたっていない。

「なんか、いろいろ提案してみたらどんどん取り上げられてね。会社の純利益がすでに去年の三倍になったんだよ。それに伴って昇級も昇進もしたんだ」

……そうだった。父はある意味、天才だった。

「だから、元の会社には戻らないし、蜂谷を訴えたりもしないよ。蜂谷にもちゃんと才能がある。わたしはそれをわかっていたのに、知らずに彼を抑え込んでいたんだろう。長いつきあいだから、甘えていたところがたしかにあった。彼の言い分を聞かない時もあった。会社はもうわたしだけのものじゃない。それぞれにいろんな意見があって当然だ。わたしのやり方が受け入れられないのであれば、潔《いさぎよ》く身を引く覚悟は常に持っていたよ。たしかに、蜂谷のやり方は褒められたものじゃなかったが、そこまで追い詰めたのはわたしなんだ。だから由衣、蜂谷を悪く思わないでくれ」

「お父さん……」

「会社も、蜂谷が頑張って続けるべきだと思う。方向転換をしたあとは、一時的に傾くのは想定内だ。会社には他にも優秀な人間がいる。みんなで協力してやっていけばいいと思うよ」

やっぱりそうなんだ。父はわかっていて会社を去ったんだ。なにもかも失うことを、長年の友への贖罪《しょくざい》にしたんだ。

蓮まで巻き込んでいろいろやったけど、全部自分の独り相撲だったんだ。

目に見えて落ち込んだ由衣の背中を、蓮が優しく撫でた。言葉にしなくても、由衣の考えていることがわかっているようだ。

「それでも、名誉は取り戻せた。それが一番大切なことだったはずだ」

そうだ。父の汚名を返上することが目的だった。

「そうよね、蓮さん」

由衣がそう答えた時、父がぽんと膝を叩いた。

「そうか！　そうだよね。お父さんが疑われたままじゃ、蓮くんと結婚しづらかったんだね。だから二人で頑張ったんだ」

「まあ！」

ずっと黙っていた母も、嬉しそうな声を上げた。

「え、いや、そんなことは……」

「照れないで良いのよ、由衣」

「……」

なんだか、話が違う方向にいっている気がする。

由衣は口を挟もうと思ったけれど、両親の謎の圧力の前に無になるしかなかった。蓮も同じように目を丸くしながら黙っている。

「いやあ。君たちの婚約は、ある意味僕らの遊びみたいなものだったからね。もちろん強制するつもりもなかった。いつでも自由にすればいいと思ってたんだよ。でも、うっかり他人にも広まってしまってね。今回、あんな事態になって、いい機会だからすっきりしようと思ったんだけど、由衣がそんなに蓮くんと結婚したいと思ってたなんて、ちょっと嬉しい驚きだよ」

父の弾んだ声に、由衣が思わず腰を浮かせた。

「え、ちょ、ちょっと待って」

「本当よね。わたし、てっきり蓮さんが、お嬢さんをくださいって言いに来たのかと思ってドキドキしちゃったわ。ね、あなた」

「そうそう。こういう時はどんな顔をしていいのか、悩んじゃったよ。娘はやらん！　とか言った方が良かったかなって」

「お父さん、お母さん……」

楽しそうな両親を前に、由衣は一層狼狽《ろうばい》する。

「……すみません。後日改めてご挨拶《あいさつ》に伺いますので」

蓮ですらもちょっと戸惑いつつ言う。

「いいのよ、そんなの。今どき古臭いでしょ。わたしたちなんて駆け落ちなのよ」

「ええっ、そうなの⁉」

「そうなのよー」

驚く由衣に、母が照れたように手を振った。

「あの頃、お父さんは会社を立ち上げたばっかりでね。お母さんのご両親に反対されたんだ」

そう答えた父はちょっと恥ずかしそうだった。

「でも由衣が生まれてから仲直りしたのよ。孫はかすがいってやつよね」

全然知らなかった。物心ついた頃から、祖父母たちには可愛がられた記憶しかなかったからだ。

「だから、由衣たちも自分たちの好きにしなさいね。よろしくね、蓮さん」

にっこりと笑う母に、蓮はやや緊張気味に頷いた。


はじまりとは打って変わり、和《なご》やかに話をしたあと、蓮は両親に丁寧に挨拶《あいさつ》をして外に出た。

蓮を見送ってくると言って、由衣も一緒に階下まで降りる。

マンションの前には、蓮の迎えの車が止まっていた。中には犬飼と鹿野内が乗っている。

「蓮さん、いろいろとありがとう。蓮さんがいなかったら、きっとここまで出来なかったと思う。蜂谷のおじさまのことは、ちょっと後味が悪くなっちゃったけど、蓮さんが言ったように、結果的に父の名誉を取り戻すことが出来たわ」

由衣がそう言うと、蓮が頷いた。

「本当に蓮さんのおかげよ。怪我までして、自分の仕事も後回しだったんでしょ？」

「それは……」

言い淀む蓮に、由衣が申し訳なさそうな顔をした。

「蓮さんがどれだけ忙しいか、これでもちゃんとわかってるつもりよ。そんな中、いろいろと調べて動いてくれて、心から感謝しているわ」

由衣のために動いている分、蓮が深夜に仕事をしているであろうことも、想像に難《かた》くない。

でもそれによって、父の名誉は回復出来た。

手放しで褒められ、蓮が少し困惑しているようだけれど、それ以外の感情も見える。

「どうしたの？」

照れているのかしら？

「いや……そういえば、ちゃんと言ってなかったと思って」

「なにを？」

首を傾げた由衣に、蓮は意を決したような表情をした。

「鷹野由衣さん、僕と結婚してくれますか？」

「……蓮さん」

由衣はびっくりして目を見開いた。

蓮と結婚することは由衣の中で決定事項だったから、こんな風に改めてプロポーズをしてくれるとは思ってもいなかったのだ。

「本来なら、ここで指輪を渡すのが正解なのかもしれないが、あいにくすっかり忘れていた」

「蓮さんでも忘れることがあるのね」

何事にも完璧な蓮でも、そんな風に言うのだと、由衣は楽しくなってくすくすと笑った。

「……返事は？」

「はい。喜んで」

笑顔でそう言った由衣に、蓮もホッとした笑みを見せた。そして由衣の手を取り、ぎゅっと握る。

「指輪は一緒に買いに行こう」

「まあ！　わたし、そういうお店に行くのははじめてよ。ものすごく興味があるわ」

由衣が好奇心に顔を輝かせる。

「では約束だ」

二人は額《ひたい》を合わせ、しばらくの間くすくすと笑っていた。


冬晴れの良き日。

二人の結納は都内のホテルで行われた。豪華な広間だったけれど、出席者は少ない。

婚約する二人とその両親。それから仲人《なこうど》となった、芳野総合警備保障の社長夫婦。蓮はスーツ、由衣は振袖を着ている。

結婚の手順は自由にしていいと言われたものの、二人はあえて古き慣習を選んだ。両家の両親に気を使ったわけではなく、ただ単に由衣がしてみたかったからだった。そして、そんな由衣の知的好奇心を満たすことが使命だと考えている蓮にも異存はなかった。

真っ白なテーブルの上には白木の台が置かれ、その上に結納品がずらりと並んでいる。華やかな水引を由衣は興味深く見つめた。

あのプロポーズから数日後、蓮は改めて由衣の家を訪れ、結婚の挨拶《あいさつ》をした。由衣の父は喜んで蓮を受け入れ、なにもかも穏やかに進み今日の日を迎えた。

ホークシステムの社長は、蜂谷から別の役員に代わった。由衣があとから聞いた話では、取締役会で蜂谷が自分の罪を告白したようだ。しかし前もって由衣の父が役員たちに手紙を送っていた。内容は、蜂谷がそうせざるを得なかった理由が自分にあり、今回のことは罪に問わないでほしいというものだった。

それを受けて役員たちは蜂谷を副社長に戻し、別の若い役員を社長に選んだ。蜂谷を辞めさせなかったのは、彼に相当の才能があることをみんなが認めているからだった。

そして由衣の父が言っていた通り、会社はしばらくは低迷が続いていたけれど、今は少し持ち直している。

間接的に蜂谷に加担した池貝建設は、竜崎グループとの関わりがゼロになった。今後一切、竜崎に関わる事業に呼ばれることはないし、竜崎が手を引いたと噂になれば、それに続く企業が現れる可能性は大きい。

池貝の社長が抗議に来たけれど、蜂谷の話をした途端、おとなしく引き下がったそうだ。結局、今後表沙汰にはしないことをお互いで確認しあった。

実行犯だった海老沢は、逆に竜崎グループの傘下《さんか》に入った。定期的な収入が出来たことと、竜崎の名前のおかげで借金の返済の目途《めど》が立ったそうだ。念願の子どもも生まれ、今は仕事に張り切っていると聞く。

あの日、芳野のショールームに彼がいたのは本当にたまたまだったらしい。でもその偶然がなければ、解決するまでもっともっと長い時間が掛かったかもしれない。

そう考えると由衣は寒気を覚える。

あらためて自分の運の良さと、的確に行動してくれた蓮に感謝した。

由衣の仕事も順調だった。最初の頃のように戸惑うこともなく、受付で緊張しすぎることもない。同僚らとランチをし、時には仕事帰りに飲みにも行った。みんなでわいわいとお酒を飲むことは、想像していた以上に楽しかった。

一度見知らぬ社員に合コンなるものに誘われたこともあったけれど、環に全力で止められた。どうやら婚約者がいる身では、参加してはいけないものらしい。あとで蓮に尋ねたが、ものすごく嫌な顔をされたので、やっぱり参加しなくて良かったと由衣は思った。

父親が昇進し、生活も落ち着いた頃、大学院に行くことを勧められたけれど、由衣は断った。大学院での勉強は楽しいかもしれないけれど、学ぶことはどこでも出来る。

会社の中で仕事を覚え、人間関係を構築し、日々生活していく。何気ない日常はすべて学びの場だ。

一年前には考えられないほど、由衣の生活は一変した。途方に暮れ、気持ちがどん底に落ちたこともあったけれど、いつも誰かに支えられてきた。

今、この和《なご》やかで温かな場所に笑顔で座っていられることがどんなに幸運なことなのか、由衣はしみじみとかみしめる。

シャンデリアの光が鮮やかな水引に反射してキラキラと輝く。その光を見ながら、由衣はうるうると涙を滲《にじ》ませた。

「わたし、幸せだわ。とっても」

ふいに口に出した由衣に、蓮が微笑む。

「俺もだ」

蓮の言葉のあと、二人は顔を見合わせる。その笑顔は、この先も長く幸せでいられることを約束するようだった。

番外編　甘い生活は新たな発見とともに

結納から数か月後、晴天に恵まれた良き日に二人は結婚式を挙げた。

親戚や友人、会社関係者を大勢招いた盛大なもので、新郎新婦はもちろん、参加者全員、終始笑顔の絶えない結婚式になった。


その後、二人はお互いの職場の中間地点に新しい部屋を借りた。新居はマンションの最上階の3LDK。広い寝室が一つと、お互いの個室になる部屋が一つずつという理想的な間取りだ。

由衣にとってははじめての親と離れた暮らしだった。寂しくはあったけれど、新しく始まる生活にワクワクしたものだ。

自分好みの家具や家電を揃え、部屋を仕上げていくのは楽しかった。蓮とも好みがそれほど離れていなかったので、お互いの意見を尊重しながら選ぶことが出来たのも大きい。

由衣は、結婚しても仕事を辞めることは微塵《みじん》も考えていなかった。

就職してまだ一年。仕事もようやく一通り覚えた程度で、一人前には程遠い。まだまだ勉強することも多かった。一部の親族には仕事を辞めて家庭に入るよう言われたけれど、蓮が今はそんな時代じゃないと一蹴した。

慣れない家事と仕事との両立は大変だったけれど、蓮と協力し合ってなんとか新生活をスタートさせたのだった。


金曜日の夜、仕事帰りに最寄り駅前のスーパーで夕食の買い物をしてから、由衣は家路へと急いだ。肩には食材がいっぱい入ったエコバッグ、反対の手にはトイレットペーパーを持っている。

「ちょっと買いすぎたかしら」

夜のスーパーはお値引き商品もたくさんあって、ついつい買いすぎてしまったのだ。

「賞味期限が近くても、冷凍しとけば大丈夫よね」

仕事をはじめるまで、由衣は恥ずかしながら値段を考えて買い物をしたことがなかった。今は蓮から家計を任され、自分なりにいろいろと勉強をして家計簿もつけている。月々の予算を決め、やりくりするのは楽しかった。

もちろん、蓮からは申し分のない生活費を預かっているし、自分のお給料もあるので過分な節約は必要ない。必要はないけれど、あえて無駄な出費をすることもないと考えている。もしもの時、一番必要なのはやっぱりお金だ。由衣には痛い経験があるので、その辺りは慎重なのだ。

重たい荷物を抱え、マンションに着いた時には手が痺《しび》れていた。

「ただいまー」

声を掛けるけれど、蓮はまだ仕事中で帰っていない。

部屋の明かりをつけ、キッチンカウンターに買い物袋をドサッと置いた時、由衣のスマートフォンが鳴った。

『由衣？』

「蓮さん、お疲れ様」

『今どこだ？』

「ちょうど家に着いたところよ」

『そうか。悪いが今日は遅くなる。多分日付を超えるから、先に寝ていてくれ』

「まあ。わかったわ。お夕飯はどうする？　作って置いておく？」

『いや、こっちで取る』

「そう。じゃあお仕事頑張ってね」

電話を切って、由衣はため息をついた。

元々忙しい蓮だけれど、結婚以来ここまで遅くなることははじめてだった。

由衣はネットを参考に買ってきた食材の下ごしらえをして、冷蔵庫に詰めた。リビングのカーテンを閉め、出掛けている間に乾燥まで終えた洗濯物を畳み、軽く掃除機を掛ける。平日の朝は忙しいので、家事は帰宅後にすることが日課になっていた。

家事は丁寧に時間をかけると、恐ろしいくらいに忙しくなる。いかに簡単にやるにはどうすればいいのか、それを考えることが今の由衣にとって一番興味のあることだった。

夕食もあれこれ作ろうかと思っていたけれど、一人なら簡単なもので良いやと、由衣は適当に作って食べた。

「なんか、味気ないわ」

会社では同僚と、家では蓮と一緒に食事をしているので、一人っきりで食べるのは少し寂しい。

洗い物をしてさっと片付け、シャワーを浴びる。お風呂掃除もして、ベッドに入った時にはすっかりくたびれていた。

「ふぁああ」

自然とあくびが出てくる。

明日がお休みで本当に良かった。

いくらでも夜更かしをしても良いのに、眠さが勝つ。

「結構疲れているのね」

ゆっくりと深呼吸すると、体がベッドに沈んでいくような感覚に陥《おちい》る。マットレスは蓮のこだわりで選んだ、かなり良質なものだ。

ベッドはキングサイズ。一人で眠るには広すぎる。

二人で暮らしはじめてまだ日は浅いけれど、すでに蓮と寝ることが当たり前になっていた。

「蓮さんがいないと、こんなに寂しいものなのね」

広いベッドの中で体を縮め、由衣は眠りについた。

微《かす》かな物音とベッドが少し傾く気配に、由衣はハッと目を覚ました。顔を上げる前に、力強い腕が由衣を抱きしめる。

「おかえりなさい」

「ただいま」

蓮の低い声がささやくと同時に、二人の唇が合わさった。

「ん……」

鼻から抜ける甘い声。その声に、由衣は自分でも驚いていた。

ちゅっと音を立てて唇が離れる。

「いつ帰ってきたの？」

あお向けになる蓮の腕枕に頭を乗せて、由衣が言った。

「三十分くらい前だな」

蓮からは由衣と同じ匂いがした。シャワーを浴びたのだろう。

「遅くまでお疲れ様。疲れたでしょう？」

「ああ。今日はさすがに」

「ご飯は食べた？」

「犬飼たちと出前を取った。由衣は？　ちゃんと食べたか？」

「食べたわ。今日はスーパーでたくさん買い物をしたの。しばらく食材に困らないと思うわ」

「そうか。こんなに遅くなることはもう当分ないから、なるべく家で食べるようにしよう」

「良かった。やっぱり一人で食べるのは味気ないもの」

「そうか……」

呟《つぶや》くように答えた蓮の声は、なんだか嬉しそうに聞こえる。

「ずっと一緒だからかしら、一人で寝るのもちょっと寂しかったわ」

寝起きの由衣は、いつもよりも数倍素直な性格になるようだ。

こんなに正直に言えるなんてと、由衣本人も驚く。

「そうだな……」

応《こた》える蓮の声はやっぱり嬉しそうだ。

ふいに蓮が体を横に向け、両腕で由衣を抱き寄せる。温かな体に包まれ、その心地よさに由衣はほうっと息を吐いた。

すると、由衣のパジャマの裾から蓮の手がゆっくりと入ってきた。温かな手のひらが肌を撫でる。その動きはやけに艶《つや》っぽく、由衣の鼓動が少しだけ速くなる。

「疲れてるんじゃないの？」

「疲れてる」

言葉とは裏腹に、蓮の手はさらに熱っぽく動く。大きな手で背中を撫でられ、由衣はまた大きく息を吐いた。

「じゃあ、もう寝た方が良いんじゃない？」

「なぜ？」

「……なぜって」

由衣は思わず言葉を詰まらせる。

「由衣は疲れているのか？」

「わたし？　今は別に……」

一眠りしたせいか、体の疲れは消えていた。

「なら、なんの問題もないな」

蓮はそう言い、由衣に覆いかぶさるように体を起こした。

「え……」

言葉を発する前に蓮の顔が近づいてきた。

すぐに唇が塞《ふさ》がれ、蓮の熱い舌が口の中を彷徨《さまよ》う。舌を柔らかく搦《から》めとられ、由衣は身を捩《よじ》らせた。

「んーっ……」

もう数えきれないくらい蓮とキスをしたけれど、いまだに慣れない。いつでもドキドキして、その唇の柔らかさに驚く。

蓮の舌に促《うなが》されるように自分の舌を動かし、同じく彼の歯列を舐めて唇を吸った。

「上手くなったな」

唇を触れ合わせたまま、蓮が言った。

その顔はなんだか嬉しそうだ。

「そう？」

何が上手かなんて、由衣にはさっぱりわからない。

「蓮さんに倣《なら》っているだけよ」

キスをする相手は蓮しかいないのだから。

由衣が答えると、蓮がニヤリと笑った。

蓮は素早く自分の服を脱ぎ、ついで由衣のパジャマを脱がせた。素肌の胸が重なり、温かさに包まれる。蓮はまたキスをしながら由衣の体を手のひらで撫でた。

由衣はそのキスに応《こた》えつつ、蓮の背中に腕を回す。すべらかな背中を撫で、その逞《たくま》しさを肌で感じた。結婚してから、蓮が時々ジムで鍛えていることを知った。

蓮の手が由衣の胸を包んで優しく揉むと、由衣は何度も身を捩《よじ》らせる。

「んっ……」

胸の先がつんと痛くなり、硬く尖《とが》ってきたことが自分でもわかった。ジンジンと痺《しび》れるような感覚が徐々に生まれてくる。自然と体の真ん中が熱を帯び、心臓の鼓動が速さを増して、息が上がってきた。

「ん……ふっ」

その間も蓮の手は休みなく動き、由衣の乳首を指先で弄《いじ》る。

「硬くなってる」

唇を離して蓮が言った。由衣は閉じていた目を開け、見上げるように蓮を睨《にら》む。

「もう、言わないで」

蓮はそんな由衣に微笑み、頭を下げて尖《とが》った乳首を口に含んだ。

「あんっ」

刺激の強さに思わず声が出る。

由衣はぎゅっと目を閉じて、蓮の舌の動きを感じていた。くすぐったさと気持ち良さが交じり合い、心臓が激しく脈打つ。

蓮は交互に両方の乳首を舐めた。由衣はされるがまま、ぎゅっとシーツを掴《つか》む。自然と体の中心がムズムズとしてきて、太ももを擦り合わせながら、由衣は体を震わせた。

「はっ、ああ……」

その声に合わせるように、蓮の手が体の下へと伸びていく。

由衣は期待に胸が弾んだ。はしたないとは思っても触れて欲しくて仕方がなかった。その先にある快感を知っているから。

蓮の手がお腹を撫で、そして下着に触れた。

由衣の体がビクッと震え、思わず内腿に力が入る。蓮は優しい手つきで、器用に下着を取り払った。そして、その手で由衣の足を広げ、もうすでに濡れているであろうそこに触れる。

「あ……」

蓮の指が動くたびに、ぴちゃぴちゃと音がした。わざとそうしているような動きに、由衣は恥ずかしくなって咄嗟《とっさ》に足を閉じようとしたが、蓮に阻止される。由衣は自分の内腿までがぬるぬると濡れているのを感じた。

「やだ……音を立てないで」

「濡れてるんだから仕方がないだろ」

「蓮さんが、そんな風に触るから……」

由衣が言うと、蓮はクスッと笑い、ちゅっと音を立てて唇にキスをした。

「ちゃんと濡れてないと痛いぞ」

たしかに、あんな大きなものが入ってくるのだ。潤滑油的なものが必要だろう。

わたしが痛みを感じないように、蓮さんが気を使ってくれていたのか……と、素直に思うことはなく。

「そうだけどっ、あんっ」

蓮の指がつぷっと中に入ってきて、由衣の体が跳ねるように動く。蓮はそんな由衣を楽しげに見下ろし、頬にキスをする。

由衣は蓮にしがみつき、内側で動く指の動きを感じていた。さらに蜜が溢《あふ》れて下半身をびしょびしょに濡らしていく。

濡れた音は大きさを増し、恥ずかしさと気持ち良さで目の中がチカチカした。

やがて蓮は、由衣にとって一番敏感な場所に触れた。その瞬間、まるで電気が走ったみたいにビリっと痺《しび》れる。

「ああっん！」

一段と大きな声が出た。それを塞《ふさ》ぐように蓮がまた唇にキスをする。差し込まれた舌が艶《なま》めかしく動き、由衣の唇の端から唾液が流れ落ちた。

くちゅくちゅと音を立て、蓮の指が愛撫を繰り返す。硬くなったそこをリズミカルに擦《こす》られ、由衣の中からさらに蜜が溢《あふ》れてきた。別の指は内側を探るように動き、さらに水音を立てる。

「んんっ……」

由衣は必死になってキスを返しながらも、絶えず与えられる快感に溺れそうになっていた。

頭の中が真っ白で何も考えられない。全身から汗が噴き出し、さらに体を濡らしていく。強い刺激に跳ねる体は、しっかりと押さえられているので、自由になる腕で蓮の背中にしがみつき、そこに爪を立てた。

蓮の指はさらに動きを増し、痺《しび》れるほどの快感が波のように襲ってくる。それはあっという間に由衣を高みに押し上げた。

「ああっっ！」

背中を仰け反らせ、ビクビクと体が震える。余韻はしばらく続き、由衣は心臓が壊れそうなほど激しく動いているのを感じていた。

「ちょっと待ってろ」

そう言って蓮の体が離れる。由衣は力なく手足を投げ出して荒い呼吸を続けた。

視線を向けると、蓮がベッドサイドテーブルから避妊具を取り出しているのが見えた。由衣は顔を背《そむ》け、視界に入らないようにする。この瞬間が、いつもなんだか照れくさくなるのだ。

二人は結婚してすぐに子どもを持つことについて真剣に話し合った。お互いの年齢がまだ若いこと、由衣も今は仕事を覚えている途中だからということで、子どもはもう少し先にしようと決めたのだ。

準備を終えた蓮が由衣の上に覆いかぶさる。

脚の間にしっかりと収まり、指先でたっぷりと濡れたその中心を撫でた。

「んっ……」

まだ快感の名残《なごり》は消えていない。由衣が身を捩《よじ》らせると、蓮がまた唇にキスを落とす。

そしてその指に添えるように、熱い塊が濡れそぼったそこに触れた。

由衣の体がまたビクンと跳ねる。

「ああ……」

熱くて硬いものが押し付けられ、由衣は自然と足を広げそれを受け入れた。十分に濡れたそこは、蓮をスムーズに迎え入れる。それでも蓮はゆっくりとした動きで、少しずつ進んでいく。

徐々に満たされていく感覚。足りなかったものが埋まるような、最初から蓮のためだけに作られていたような、そんな錯覚すら思い起こさせる。

由衣は蓮の体を抱きしめ、ぎゅっと目を閉じて自分の中が埋まっていくのを感じた。

ぴったりと繋《つな》がると、蓮が動き出した。内側を擦《こす》られ、さっきとはまた違う快感が生まれる。由衣の鼓動が速くなり、蓮の動きに合わせて体が揺れる。

突かれるたびに新たな快感が生まれ、内側からどっと愛液が溢《あふ》れてくるのがわかった。

絶頂への階段に足を掛けた時、蓮の動きが突然止まった。そして、由衣の体を抱きしめると、繋《つな》がったまま体を横にして体勢を入れ替える。

「えっ」

さっきとは反対に、蓮の体の上に乗る形になり、由衣は混乱した。

「自分で動けるか？」

由衣を見上げながら蓮が言った。

「え、ど、どうやって？」

由衣が戸惑っていると、蓮がニヤリと笑う。

「起き上がって」

「え、このまま？」

「そうだ」

由衣は恐る恐る蓮の胸に手をつき、体を起こした。体重がかかり、さらに深くまで入ってきた感じがして、思わず息を止める。蓮の腰を太ももで挟むようにして体を支えると、蓮が由衣の腰を持ち、ゆっくりと前後に揺すった。

「あんっ」

擦《こす》られる刺激が電流のように体を走る。

「腰を使って」

蓮の言葉に促《うなが》され、由衣は自分から腰を動かした。濡れた突起が蓮の体と擦《こす》れ合い、強い刺激が生まれる。内側と外側、快感が両方から絶えず生まれ、由衣はその気持ち良さに夢中になった。蓮の胸に手をつきながら、無心で腰を振る。

ああ、これは……

「見つかったか？」

蓮の少し苦しげな声に、由衣は顔を向けた。由衣を見上げるその目は熱を帯びている。

「な、なに？」

「自分が好きなところ」

「う、うん。多分」

蓮が何のことを言っているのかすぐに理解した由衣はそう答え、行為に集中した。太ももで蓮の腰を挟み、何度も自分のそれを擦《こす》りつけるように動かす。

「くっ、いいぞ。もっとだ。もっと強く動け」

蓮の言葉に促《うなが》され、さらに強く速く動かす。痺《しび》れるような強い快感が由衣の体を駆け抜けていく。

「ああっ、っもうっ……っっ」

頭の中が真っ白になり、ぎゅっと閉じた目の中にキラキラと光が舞った。

由衣の体から一気に力が抜け、蓮の胸に倒れ込んだ。汗に濡れた背中を蓮が優しく撫でる。

「どうだった？」

耳元で蓮が囁《ささや》くように言った。

「……びっくりしたわ」

由衣は正直に答え、深呼吸を繰り返す。まだ体がビリビリと痺《しび》れているようだ。

そんな由衣の体を抱きしめながら、蓮の腰がまた動き出した。

「満足しているところ悪いが、俺も満足させてくれ」

そう言うと、由衣の腰をぎゅっと押さえ、下から突き上げるように腰を打ち付けた。

「あっ、ああんっ！」

さっきとは違う、さらに力強い動きで、由衣の体がガクガクと揺さぶられる。繋《つな》がった場所からはぐちゃぐちゃと卑猥《ひわい》な音がした。

「あんっ、あんっ……」

由衣は蓮にしがみつき、ひたすら声を上げ続けた。強すぎる刺激は痛みも伴うけれど、それすらも快感に感じてしまう。

「つ、いくぞっ」

由衣が何も考えられなくなるくらいガンガンと突き上げられたあと、蓮がそう言い、由衣の腰を掴《つか》む手に力を籠《こ》める。蓮のそれがいっそう深く由衣の中に入ってきたと同時に、内側でビクビクと震えるのがわかった。熱が体の中に広がるような、不思議な感覚。

由衣は蓮の体をぎゅっと抱きしめ、自分の内側も蓮のそれをぎゅっと締め付けているのを感じていた。

お互いの呼吸が少し落ち着いてきたところで、蓮がゆっくりと由衣の中から自身を引き抜く。ぽっかりと穴が開いたような寂しさを感じ、由衣は改めて恥ずかしくなった。

蓮の体の上から滑り落ちるようにして、由衣は横になった。蓮が後処理をし、由衣のそこを丁寧に拭《ぬぐ》ってくれていた間も動けそうになかった。

「大丈夫か？」

戻ってきた蓮が由衣の体を抱き寄せる。

「ちっとも大丈夫じゃないわ。心臓が壊れそう。こんなやり方があるなんて……」

「やり方はいろいろある。それこそ何十通りも」

「……そんなに？」

由衣が驚いて声を上げると、蓮がまたニヤリと笑った。

「疑うなら調べてみればいい。由衣は調べることが好きだろう？」

「え、いや、それはちょっと……恥ずかしいから別に」

「練習台にならいつでもなるぞ。ただし、他人には聞かない方が良いけどな」

「当たり前でしょう！　聞けないわよ。もうっ」

由衣が半ば怒りながら言うと、蓮はクスクス笑って由衣の背中を撫でた。

「ああ、蓮さんのせいでシーツがびしょ濡れだわ。明日は早起きしてお洗濯しなきゃ」

八つ当たりみたいに由衣が言っても、蓮はまだ笑っている。

「手伝うよ」

「あと、テーブルの下に敷くラグも見に行きたいのに」

「わかった、それも行こう。早く寝ろよ」

蓮がそう言い、由衣の背をぽんぽんと叩く。

「……蓮さんが起こしたんじゃない」

「由衣が可愛いことを言うのが悪い」

「可愛いって、もう」

由衣は頬を膨らませ、そっと顔を上げた。蓮は目を閉じ、すでに寝息を立てている。

……もう寝てる。やっぱり疲れてたんじゃない。もう、蓮さんってば。

由衣はふうっとため息をつき、蓮の首と鎖骨の間に顔を埋《うず》めた。

ついさっきまであったはずの寂しさは消えている。あるのは満足感と心地よい倦怠感。

蓮の匂いに包まれ、由衣もまた眠りに落ちようとしていた。

二人でこんなことが出来るようになるなんて、一年前の自分には考えられないことだった。しかも蓮の言葉によれば、もっといろんなやり方があるようだ。

蓮には決して言わないけれど、由衣はこっそり調べてみようと思っていた。

勉強はいつでもどこでも出来る。本当にその通りだ。知りたいと思うことが意欲に繋《つな》がるのだから。

夫婦の知識を高めることもわたしの仕事だわ。

由衣は満足げに微笑みながら、蓮の体に腕を回した。

EB エタニティ文庫

エタニティ文庫・赤

星を見上げる夜はあなたと

桜木小鳥
装丁イラスト／文月路亜

仕事でトップを取りたい！　と願う奈央《なお》に大きなチャンス到来。これでライバル・昴《すばる》を追い越せると張り切る彼女だったが、取引先から強引に担当を外されてしまった。落ち込む奈央のもとに、突然、昴が尋ねてきて――!?　きらめく完璧男子と強気な女子のトキメキ恋物語！

エタニティ文庫・赤

いばら姫に最初のキスを

桜木小鳥
装丁イラスト／涼河マコト

男性とお付き合いどころか、満足に話すことさえ許されない箱入り娘の雛子《ひなこ》。そんな彼女に運命の出会いが！　酔っ払いにからまれていたら、銀髪碧眼の素敵な男性が助けてくれたのだ。その後も雛子のピンチの時には、彼が現れて――!?　お嬢様と元軍人のスイートラブ！

エタニティ文庫・赤

恋のドライブは王様と

桜木小鳥
装丁イラスト／meco

カフェ店員の一花《いちか》のもとに客としてやってきた、キラキラオーラ満載の王子様。玉砕覚悟で告白したら、まさかのOKが！　だけどその返事が“ではつきあってやろう”って……この人、王子様じゃなくって、王様!?　そしてその日から、一花の輝かしい家来生活（!?）が始まった！　ちょっとえっちなハッピー・ラブストーリー！

※エタニティブックスは大人の女性のための恋愛小説レーベルです。ロゴマークの色で性描写の有無を判断することができます（赤・一定以上の性描写あり、ロゼ・性描写あり、白・性描写なし）。

詳しくは公式サイトにてご確認ください。
https://eternity.alphapolis.co.jp/

携帯サイトはこちらから！

エタニティ人気の12作品
アニメ好評配信中！
ALPHAPOLIS アルファポリス
Eternity エタニティ
深夜の濡恋ちゃんねる
NUREKOI
Sweet Love Story
エタニティ公式サイトにて
通常版
デラックス♥版
配信中です！
アニメ公式サイト：https://eternity-nurechan.com/
アニメ公式ツイッター：@Eternity_Anime
2021年1月～
DVD & Blu-ray
順次発売予定
お見合い結婚からはじまる恋
ご主人様の甘い命令に逆らえない
夜も
脱出不可能
甘くとろける返り討ち
ロマンティックだけど野獣的
服従
執着
イケメン部長はチャンスを逃さない
と変態
4番目の許婚候補
一庶民なわたしが御曹司の許婚!?
©エタニティブックス原作者・アルファポリス
エタニティ濡れちゃん♡製作委員会

この作品に対する皆様のご意見・ご感想をお待ちしております。
おハガキ・お手紙は以下の宛先にお送りください。

【宛先】
〒150-6008 東京都渋谷区恵比寿4-20-3 恵比寿ｶﾞｰﾃﾞﾝﾌﾟﾚｲｽﾀﾜｰ8F
（株）アルファポリス　書籍感想係

メールフォームでのご意見・ご感想は右のＱＲコードから、
あるいは以下のワードで検索をかけてください。

アルファポリス　書籍の感想　検索

ご感想はこちらから

不機嫌《ふきげん》な婚約者《こんやくしゃ》と永遠《えいえん》の誓《ちか》いを

桜木小鳥（さくらぎ ことり）

2021年3月25日初版発行

編集－羽藤瞳
編集長－塙綾子
発行者－梶本雄介
発行所－株式会社アルファポリス
〒150-6008 東京都渋谷区恵比寿4-20-3 恵比寿ｶﾞｰﾃﾞﾝﾌﾟﾚｲｽﾀﾜｰ8F
TEL 03-6277-1601（営業）　03-6277-1602（編集）
URL https://www.alphapolis.co.jp/
発売元－株式会社星雲社（共同出版社・流通責任出版社）
〒112-0005 東京都文京区水道1-3-30
TEL 03-3868-3275
装丁イラスト－カトーナオ
装丁デザイン－ansyyqdesign
印刷－株式会社暁印刷

価格はカバーに表示されてあります。
落丁乱丁の場合はアルファポリスまでご連絡ください。
送料は小社負担でお取り替えします。

ISBN978-4-434-28644-5 C0093